前世処刑された転生令嬢は
ヤンデレ異母弟に偏愛される

イシクロ

Illustration
三浦ひらく

前世処刑された転生令嬢はヤンデレ異母弟に偏愛される

Contents

イラスト／三浦ひらく

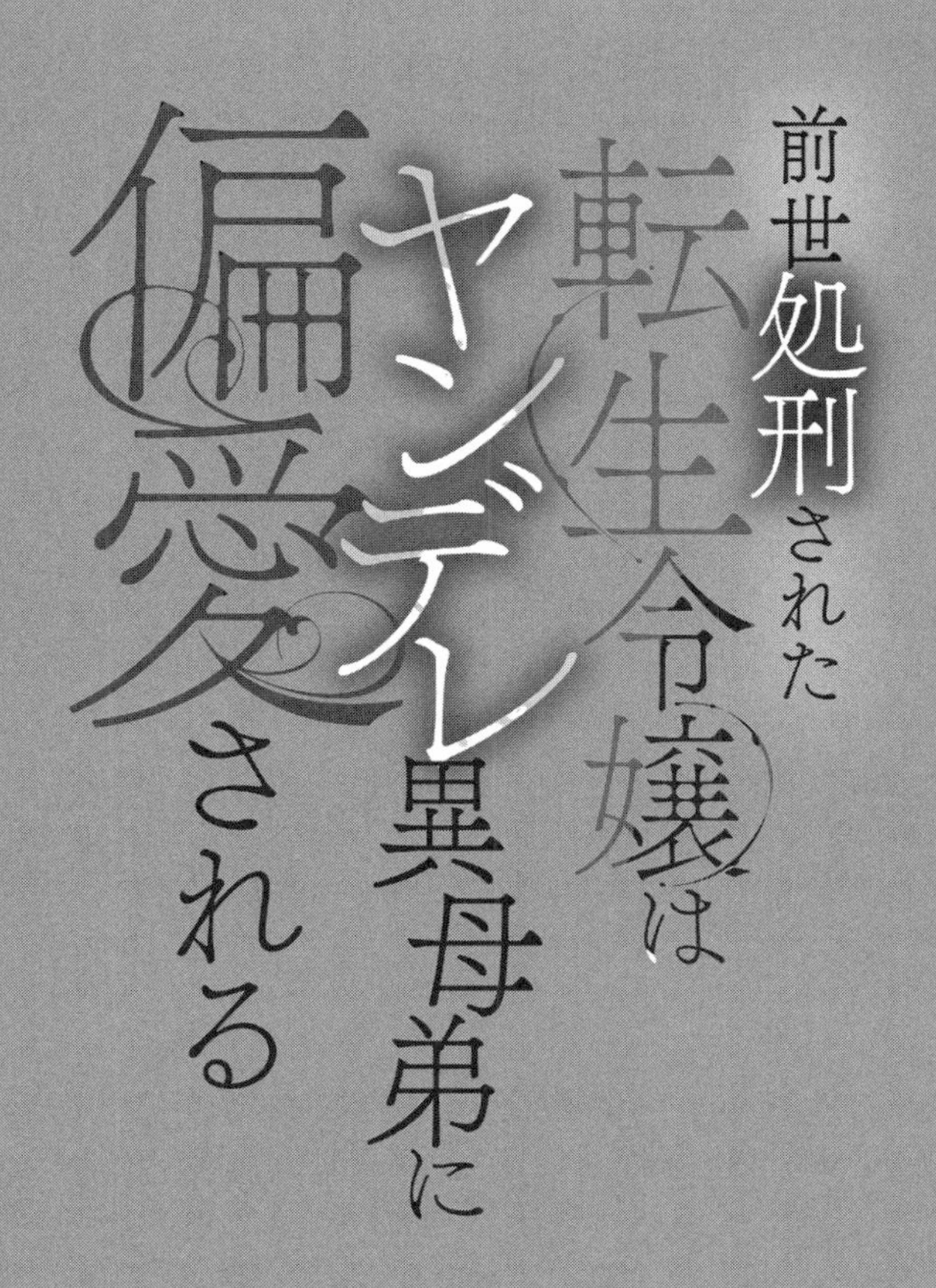

MOON DROPS

序章

「公爵令嬢フリーデ・エヴァレット・グランディル、君との婚約を破棄する！」

そう舞踏会の会場で王太子に宣言されたフリーデは、呆然と壇上の婚約相手を見た。彼の傍にはブルネットの髪の少女がいる。彼女の肩を支えながら王太子ゲルトは言った。

「お前が王太子妃という立場を利用して己の私利私欲を満たそうとしたこと、すでに判明している。美しい顔をしてなんて恐ろしい女だ」

「――お待ちください、何のお話ですか……っ」

鎧を身にまとった兵士たちがフリーデを無言で取り囲み、両腕を拘束した。無理やり膝をつかされて頭を下げるように金の髪を兵士に掴まれる。綺麗に結った髪は乱れ、髪飾りも床に落ちて舞踏会の招待客から悲鳴が上がった。

その状態で、ゲルトの口からフリーデには身に覚えのない罪状が読み上げられた。

王太子妃候補だった他の令嬢への嫌がらせや殺害によって今の地位を得たこと、女官への体罰、国王夫妻への侮辱、貴族からの賄賂に国家機密の流出未遂。そのたびに婦人たちから息をのむ音が聞こえる。

「私からの寵愛を盾に恐ろしいことを……危うく悪女を王族に列するところだった」

突然のことに戸惑うように空気が揺れる会場で、うつむきながらフリーデは背中に嫌な汗をかいていた。場にいる者は誰も動かず、ひそひそとささやく声だけが響く。

「……まぁなんてこと」

「庶民出身はこれだから」

「公爵家とはいえ庶子で王太子妃になるならそれくらいは、ねぇ」

フリーデは公爵令嬢だが庶子の生まれで孤児院で育った。そんな自分がゲルトに望まれて王太子の婚約者になったことをよく思わない者も多い。

王宮は他者の足を引っ張り、互いを蹴落としあうそんな場所だと知って気をつけていた。それでも相手への真心と誠実さがあれば伝わるものだと信じて己を律してきたフリーデにとって、罪状のどれも身に覚えはない。

（どうしよう、どうしよう……！）

けれどこの状況で——自国の貴族だけでなく外国からの要人も集まる場所で宣言されたということは、それが揺るがない決定事項だということだ。

（このままだと公爵家に……あの子に、迷惑が）

そう思うだけで心臓が軋む。

考えてみれば今日の出席者に公爵家の者が連ねられていなかった。この茶番劇はおそらく初めから定められていたのだ。唇を噛み、押さえつける手に抵抗してなんとか顔を上げたフリーデは声を絞り出した。

「殿下、何かの間違いです！　私は……」

「ようやく真実の愛を知ったんだ」

王太子はそう言って愛おしそうに傍らの少女を抱き寄せた。フリーデの親友であった令嬢は、その腕に身をあずけて勝ち誇った眼でこちらを見下ろす。

「申し開きは法廷で聞かせてもらおう。さぁ、早く連れて行け」

「殿下！」

数人の兵士に拘束されて抵抗できるわけもなく、華やかな舞踏会の席から退場した。廊下で後ろ手に手錠をかけられて、混乱するまま連れてこられたのは自室ではなく、黒い塔と呼ばれる王宮内にある牢獄(ろうごく)だった。

「っ」

ドレスを着たまま石造りの硬い床に投げ出される。ジメジメした牢は掃除もされていないのか不快なすえた匂いがする。フリーデが手を伸ばしても届かないところに窓がひとつあったが、そこには鉄格子がはめられていた。

(父に、なんとか連絡を)

そこで、強い力で後ろから腕を掴まれた。

「え……」

見ればここまでフリーデを連れてきた兵士たちがにやにや笑いながらそこに立ってい

た。ドアのところからも数人がこちらを覗(のぞ)いている。共通しているのはその誰もがフリーデの顔や体を舐(な)めるように見ていること。

嫌な予感に襲われながら、腕を振り払おうと身じろぎする。

「離しなさい」

「王太子から頼まれているんだよ、どんな手を使っても自白をさせろと」

「自白……？」

そこで気づく。彼らは王宮警護の近衛騎士ではない。王太子の身に何かあってはならないと、彼の近くにいる人物の顔をフリーデはすべて覚えている。服は間違いなく近衛騎士のそれなのだが、知らない顔ばかりだ。

どういうことだろうとさらに混乱するフリーデの腕を摑んだまま、男が外の兵隊に合図をする。ぞろぞろと五人ほど、下卑た笑いを顔に張り付けて入ってきた彼らは、拘束されて青ざめるフリーデを取り囲んだ。

「さぁさっさと済ませちまおう、外には愛らしい公爵令嬢様とお近づきになりたい連中が山ほどいるんだからな」

その言葉を合図に、四方八方からフリーデの身体に手が伸ばされた。


ひらかれた裁判は裁判とも呼べないものだった。

ドレスを剝ぎ取られ罪人の粗末な服を着て、見る影もなく髪を乱し、手錠がはめられたフリーデを陪審員たちが蔑んだ目で見下ろす。

「……以上です、なんと恐ろしいことを」

舞踏会の場でも聞いた罪状が粛々と読み上げられていく。ご丁寧にもフリーデが話したこともない女官の証言付きだ。最後に弁護士が叫んだ。

「しかも処女ではない。このままどこの者とも知れぬ女を王家に迎え入れるところでした」

「……っ」

法廷にいる全員が安堵するように息を吐く。反論しようとしたフリーデの声はかすれて言葉にならなかった。

準備が整うまでと入れられた黒い塔の牢屋で、手錠をされたまま見張りの兵士たちにかわるがわる犯された。尊厳もズタズタにされるような言葉を吐かれ、一日に何人もに陵辱されて叫んだ喉はすでに枯れ果てていた。

「何か申し開きはあるか」

「……」

裁判の席に座る王太子ゲルトの言葉に静かに首を振った。こうなってはもう何を言っても無駄だと悟る。それよりも、余計なことをして公爵家に迷惑をかけるわけにはいかない。

フリーデにできることはただ共犯者がいないことを示すだけだ。

粗末な紙に震える手で書いた紙を差し出すと、兵士がそれを取って裁判長に渡した。『すべて私一人でしたことです。どんな裁きも受けいれます』と書かれたそれが陪審員たちに回された。

髭(ひげ)をたくわえた男性の一人が、顔をしかめた。

「公爵家からなんの沙汰もない。呼び出して尋問するべきでは」

「いや、やめておこう」

裁判長が言う。

「ここに抗議に来ないということは悪女フリーデを見捨てたということだ。こいつは卑しい生まれだが、かの家は代々国への忠義を誓っている」

——でっち上げの罪のアラを突かれるのは都合が悪いでしょうしね。

でっぷりと太った……数日前に牢でフリーデを犯した男の言葉に心の中で呟(つぶや)いた。これを計画した者はただ『穏便に』自分を排除したいだけだ。国外に追放するなり他の方法はあっただろうに、ここまで手を尽くすのは誰の差し金だろう。

(もう、どうでもいい……)

ただ、公爵家が——弟が無事ならそれで。
(クリス)
利発で可愛い弟の姿を思い出す。大金を積んで牢まで面会に来てくれた父には扉越しに、絶対に彼に来させないように頼んだ。そうでもしないと決心が鈍ってしまいそうで……。

こん、と最後を告げる木槌の音が法廷に響いた。

「フリーデ・エヴァレット・グランディル、王家への反逆罪で斬首の刑に処す。元王太子の婚約者という立場上、首を晒すのは国王陛下が止められた。このご温情に感謝するように」

最後通告にフリーデは頭を深く下げた。

「陛下、の、ご、温情、……いたみいり、ます」

老婆のようにしゃがれた声でそれだけを言う。すぐに乱暴に腕を掴んだのは、近衛騎士に扮した兵士だ。

彼らがフリーデの身体を見下ろしてにやにや笑っているのが見えた。

また、処刑の日まで彼らの慰みものになるのだろう。その事実をどこか他人事のように感じる。よろける足はほとんど浮くようにして裁判の席から立ち上がらされた。

法廷の扉が開いたのは、そんなときだった。

「……フリーデ姉さん！」

荒い息で叫ぶのは十を超えたくらいの少年だ。少し癖のある金髪を、汗で顔に張り付かせた彼の背から光がこぼれる。まるで宗教画の天使のような容貌に、法廷にいる誰もが状況を忘れてため息をついた。

クリス、とフリーデは声にならない言葉をこぼす。それが聞こえたわけではないだろうが少年はフリーデのほうを見た。その眼光の鋭さに腕を掴んでいる兵士がひるむ。

「――こんな裁判はでたらめです」

変声期前の少年の声が凛とこだました。そこで裁判長が立ち上がった。

「子どもが何を言う。公爵家の嫡子といえど、法廷侮辱罪で捕らえるぞ！」

「ろくに調べもせずに人を裁く場のなにが法廷だ」

彼がフリーデを見た。こちらに手を差し伸べる。

「姉さん、帰ろう」

「衛兵、こいつも牢に入れろ！」

裁判長の言葉に法廷を警護する兵士が動く。

不穏な空気の中、フリーデは口を開いた。

「……ふふ」

ざわめく場に混ざる笑い声に、全員の視線が注がれる。

「ふふふ、……ははは」

両腕を捕らわれたままフリーデは笑った。狂気的な声に傍聴人たちは凍り付いて、乱入してきた少年も動きを止めた。

ひとしきり笑って顔を上げたフリーデは、少年を見て表情を歪めた。

「馬鹿な子ね、まだ私を信じているの？」

「姉さん？」

「全部私がやったの。なのに、無実なんて言うから笑ってしまったわ」

「……嘘だ」

──そうよ、私はしていない。

「本当よ、なんならここでもう一度実証してみましょうか」

──もういいから早く帰りなさい。

「テディも姉さんのことを信じてるよ、なんでそんなことを言うんだよ！」

──あなたたちが信じてくれるなら、それで充分。

泣きそうな声で叫ぶ彼をフリーデが睨んだ。

「うるさい！　口惜しいわ、お前を殺して公爵家も乗っ取ってやるつもりだったのに！」

ぱん、と頬を叩かれる。いつの間にか近づいていたゲルトがフリーデを冷たく見下ろした。

「よさないか、子ども相手に見苦しい」

「……」

無言のフリーデに息を吐いたゲルトは、呆然と青ざめて震える少年を見た。

「クリストファー、信じられないのは私も同じだよ。だがこれが真実だ。……連れていけ」

兵士に連れられ、フリーデはうつむいたまま少年の隣を通り過ぎる。

二度と振り返ることなく法廷から連れ出された。

そして一週間後、悪女フリーデは一人、塔の一室で処刑された。

「ソフィアお姉ちゃん、手伝うよ」

可愛らしい声がしてソフィアはにんじんを手に振り返った。孤児院の台所で作業をしているソフィアを前に、年少の子たちがにこにこ笑って立っている。彼らに微笑みを返し、机に置いている玉ねぎを示した。

「じゃあこの皮を剝いてくれる？」

「はーい」

その可愛い返事にくすりと笑ってしまう。夕食は野菜のスープに黒パンだ。育ち盛りのみんなに行き渡るように、少ない野菜の皮や葉っぱも丁寧に刻んでいく。

だが綺麗に剝いてもらった玉ねぎをみじん切りにしていたところで、包丁がすべってソフィアは指を切ってしまった。

「痛……っ」

「大丈夫⁉　ソフィアお姉ちゃん」

「ええ」

血がにじむ指を舐める。幸い手入れはしているが切れづらい刃は、皮を傷つけただけで済んだらしい。慌てて子どもたちが救急箱を持ってきてくれたことにお礼を言って、包帯を巻いた。

しばらくして、血のにじんできた包帯を見つめる。

今ここにある痛みは現実だ。

ソフィア、それがフリーデの今の名前だった。

処刑された日までの出来事を思い出したのは五歳の頃。国家記念日の催しで偶然国王夫妻のパレードを見た時だ。豪奢(ごうしゃ)に飾り立てられた馬車に乗っているのは前世で婚約者だったゲルトと、あの日彼の隣にいた親友の令嬢。

婚約破棄の場面から、塔での恐ろしい記憶までを一気に思い出したソフィアはその場で倒れ、高熱で十日間寝込んだ。

悪女フリーデ。王太子の婚約者の立場で国を揺るがす数々の悪行を計画し実行した女。王も臣下も気づかなかったその企みを暴いたのは当時の王太子と、親友の立場で悪女に近づいて情報を得ていた令嬢。その手に汗握るロマンスは二人が舞踏会の場でフリーデを断罪するところと、法廷で悪事を暴露する彼女をいさめるところを最高潮とした舞台劇で語り継がれている。

悪女は黒い塔で寂しく首を斬られ、王国はその後聡明(そうめい)な国王夫妻によって栄えている、そう口上されて締めくくられる。

（私は、何もしていない）

真実を誰彼かまわず叫びたかったが、ソフィアは小さい頃に親に捨てられた下町の孤児だ。王都の端で国の援助と寄付によってどうにか成り立っている孤児院の、日々の生活すらままならない子どもにはどうすることもできない。

前世を思い出してすぐのときには苦しさでのたうち回るほどだったが、グランディル公爵家が健在であることがわかってからは少し落ち着きを取り戻した。

優しかった父は早々に隠居に入り、領地の館で暮らしているという。今の当主は爵位を継いだ弟だ。

フリーデが処刑されたときには十一歳だった弟は今や二十七歳になり、美貌の若き宰相として国政に携わっている。

法廷での一幕が貴族の同情を買ったようで、姉があれだけの不始末を起こしたのに重用され、王宮で確固たる地位を築いている事実に、幼い頃から利発だった彼の能力の高さを感じる。同時に、悪女に裏切られたというのにその弟を重用するとはなんと慈悲深いと民は国王ゲルトを称えていた。

王太子妃の身分に未練はない。けれど悔やむのは、幼い彼を守るためとはいえ吐いた酷い言葉の数々。フリーデを見て泣きそうに顔を歪める彼の表情は今でも鮮明で、どんなに言葉を尽くしても謝りきれない。

（――今さら、何を望むの）

これが物語で聞く生まれ変わりというものだろうか。

そうだとすればせめてあと五十年……知っている者たちがすべていなくなってからがよかった。もしくはすべてを忘れたままでいたかった。

「ソフィアお姉ちゃん痛いでしょ、あとは僕たちがやるよ」

「……じゃあ、お願いしようかな」

頼もしい孤児院の仲間たちに笑って、ソフィアは場所を譲った。

今の生活は穏やかだ。孤児院は経営者によってひどいところもあるが、ここの院長先生は孤児たちにとても優しく接してくれる。運営資金はカツカツで食事も洗濯も掃除も自分たちでしなければならないのだが、ほとんどの子は成人したら院を出て使用人などで独り立ちしていくのでその予行練習にもなる。

十六歳のソフィアももうすぐここを出て自分で生きていく術を見つけなければならない。

きゃっきゃと楽しそうに皆がスープを作るのを見守って、そろそろ出来上がろうかというところで、台所をのぞいた院長先生から声をかけられた。

「ソフィア、ちょっといいかしら」

「はい」

一番年長の子に後を任せておっとりした院長についていく。いつも微笑んでいる彼女は廊下で話を始めた。

「今度、さるお方がここに視察に来られるの。国中の孤児院に寄付してくださっていてね、できれば暮らしている子から直接話を聞きたいとおっしゃっていて」

「そうなのですか」

「それで、施設の案内をできればソフィアにお願いできないかしら」

「私でよければ喜んで」

　答えると、六十を超えた院長先生はほっとした表情で両手を合わせた。

「そう言ってもらえてよかったわ。しっかり者のソフィアにはいつもお願いしてばかりで申し訳ないのだけれど」

「そんなことないです、院長先生こそいつも私たちに気を配ってくださって」

　孤児院の視察。国中に個人的な寄付をしているということは、それなりに地位のある人物だろう。

（しっかりここの孤児院の良い点をアピールして、せめて一週間に一度は皆がお肉を食べられるくらい寄付をお願いしないと）

　使命感に燃えてソフィアは両手の拳を握った。そうするためにまず必要なのは、相手のことを調べて失礼がないようにすることだ。

「どなたが来られるのですか？」

　聞けば院長先生は乙女のように頬を赤くして、うっとりと言った。

「宰相のクリストファー・エヴァレット・グランディル公爵様よ」

　その懐かしい名前を聞いて、ソフィアはその場で固まった。

（まずい……まずい。まさかクリスが来るなんて……っ）

その夜、就寝時間が過ぎた部屋の中で、ソフィアはベッドで枕をかぶってうめいていた。

王都は王宮が中心にあって、その周りを貴族の大邸宅が囲んでいる。貴族街とも呼ばれるそこを抜けた場所は平民の暮らす地区があり、主に店や市場、工房がずらりと同心円状に広がっていた。そのさらに端にこの孤児院があり、貧民街にもほど近い。なので上級貴族であるクリストファーと会う機会など今までなかった。

（合わせる顔が……いえ）

そこまで考えてソフィアは身体を起こした。ベッドから下りて、部屋の隅にある古ぼけた鏡の前に立つ。腰まで伸びた少し癖のある銀の髪、落ち着いた紫色の眼、平均的な女性に比べてやせっぽちな自分の体型をじっと見つめる。

豊かな金の髪に深い緑色の眼の、妖精のようだと言われたフリーデとは何もかも違う。母親違いの、弟のクリストファーとよく似ていた面影ももちろんない。

（不肖の姉が生まれ変わっているなんて思わないわよね）

鏡にそっと額をくっつける。はぁ、と吐いた息で鏡が白く曇った。

ソフィアさえ言動に気をつければわかるはずがない、そう思い直して鏡から離れた。

ベッドに戻る途中、ぐっすりと眠っている女の子部屋の皆のようすを確認して、お腹を出して寝ている子の上掛けを直して自分の寝床についた。

（気づく、わけがない）

目を閉じて思い出すのは前世の記憶、公爵家での日々だ。

『姉さん、これ』

白い頬を染めた愛らしい少年が赤い薔薇を差し出す。

あれは王宮にのぼる前日のことだっただろうか。

タウンハウスの薔薇園から摘んできたのだろう。少年――クリストファーの手や頬には棘でできたらしい傷があった。

『姉さんに似合う一番きれいなの、選んだから』

彼が幾重にも咲く薔薇の中から探してきてくれたのがわかって、フリーデは微笑んで身を屈めた。髪を耳にかけてクリストファーのほうに向ける。

『ここに、挿してくれる？』

『う、うん』

小さな手がそろそろと伸ばされて、フリーデの金の髪に薔薇が飾られた。

『ありがとう、大事にするわ』

『――姉さん』

『きゃっ』

飛びついてきた小さな身体を抱きとめる。それでも勢いを殺しきれずに二人で転んでしまった。

『クリス、怪我をしてしまうわ』

起きようとしたところでクリストファーの腕がフリーデの首に回る。無言のままぎゅっと抱きしめられて、フリーデは甘えん坊の弟の背中をさすった。

『王宮なんてすぐそこだし、また公爵家に顔を見せるから。テディも一緒に』

『……俺も、すぐに行く』

『え？』

『ぼんやりしている姉さんだけだと心配だから！　すぐに臣下になって王太子妃の姉さんをなんでも助けるからね！』

まだ十歳の、寄宿学校にも行っていない弟の勇ましい言葉が嬉しくて、ソフィアも抱く腕に力を込めた。

『嬉しいわ、クリスがいてくれたら百人力ね』

心からそう伝えれば、愛しいクリストファーは天使のような笑顔を見せてくれた。

聡明で優しい子は今、宣言していた通り宰相として手腕を振るっている。

フリーデは……ソフィアは、ソフィアの人生を送ろう。豪華なドレスも目の眩むような宝石もご馳走もないけれど、愛する人を見つけておばあさんになるまで一緒に暮らす、そんなささやかな人生を。

第一章　天使のような弟

視察の日は孤児院の全員が一張羅に着替えて公爵の到着を待ちわびた。

皆、話にしか聞いたことがない青年宰相に会えることに、興奮で目をキラキラさせていた。優良な当孤児院に隠すべきものはない。院長からはソフィアの采配でどこでも好きなところを案内していいと言われている。

クリストファーの好きなものは調べずともわかっている。歴史の本に甘いもの、紅茶に薔薇(ばら)の花。けれどあまり好みに精通しすぎると不自然になるので、歓迎用にと皆で花の形のクッキーを作るのにとどめた。

昼過ぎに到着すると連絡を受けて、入り口でお出迎えをする。時間丁度にグランディル公爵家の馬車が、孤児院の門に横付けされた。

中から降りてきた人物に院長含めて皆、ほうと息を吐いた。

柔らかそうな金の髪は陽の光にきらきら輝いて、青い瞳はまるで今日の青空のように澄んでいる。神様が丹念に心を込めてつくったのだとわかる、絵で見るより数段見目麗しい整った顔立ち。すらりとした体躯(たいく)を三つ揃(ぞろ)えのスーツに包んだ青年は、門の前に並んで、硬直している子どもたちを前に帽子をとって微笑んだ。

「こんにちは」

「こ、こんにちは！」

作り物のような顔が、優しい笑顔で一気に親しみやすいものになる。圧倒されていた子どもたちは慌ててめいめいに頭を下げた。おどおどと院長が前に出た。

「か、歓迎いたします、宰相様。ようこそ当院においでくださいました」

「このたびは無理を聞いていただいてありがとうございます。……テディ」

丁寧に挨拶をしたクリストファーが後ろを振り返った。列の後ろにいたソフィアもつられてそちらに視線を向ける。

（あ……）

両手に抱えきれないほどの荷物を馬車から降ろすのは、浅黒い肌に白い髪の青年だ。見覚えのあるその懐かしい姿に胸が締めつけられる。

クリストファーと同じ年の彼は公爵家の私兵で、王宮に上がったフリーデの護衛騎士だった人だ。名前はテディ・ベル。

淡々とした表情で、野生の動物を思わせるしなやかな動きで動くようすは前世のときと変わらない。

彼が運んでいる荷物は丁寧にリボン付きでラッピングされているが、中身はお菓子や玩具、お人形と想像がつく。目の前に広がる夢のような光景に胸を躍らせる子どもたちを見て、クリストファーは言った。

「これは私からのささやかな贈り物だよ。どれでも好きなものを選んでくれたらいい」

わっと子どもたちが歓声を上げる。笑顔あふれる彼らを前に、ソフィアは微笑んでそっと自分の髪を耳にかけた。

年少の子から好きなものを選ばせる年長者たちを、目を細めて眺めていたクリストファーの視線が、そこでふいに隅に立っているソフィアに向けられた。

口元に浮かんでいた彼の笑みが、その瞬間に消える。

真顔で目をぱちくりさせた彼は早足で近づき、ソフィアの前に立った。

（え、えと？）

目の前に立つクリストファーに対してソフィアは彼の胸元までしか身長がない。ほとんど真上から、真っすぐに見下ろされてソフィアはうろたえた。

上を見たまま硬直していると、しばらくして彼は口を開いた。

「君が、案内役の子かな」

「あ、……はい」

「お名前は？」

「ソフィアと申します」

孤児のソフィアにも物腰は丁寧だ。街では国の荷物だと罵倒されることもあるのに。

軽く礼をとるとクリストファーは後ろを振り返った。楽しそうにプレゼントを選んでいる子どもたちを見る。

「君は選ばなくていいのかい」

「どれも素敵なものばかりなので、皆が選んだ後にしようかと」

「そう」

先ほどの真顔が何だったのかと思うほど、穏やかなやりとりだ。クリストファーは後ろに控えるテディにひそりと何か耳打ちして、手を差し出した。

「ではよろしく、ソフィア」

大きな手を前にぎくりとする。恐る恐る握手をしてすぐに手を離した。

そのソフィアを見てわずかに首を傾げたしぐさで彼の髪がふわりと揺れる。完璧で美しい人を前にソフィアは視線を逸らした。

クリストファーは宰相として忙しく、視察は一時間ほどの予定だった。食堂や子ども部屋、洗濯場などを案内する。先導はソフィアで、クリストファーはソフィアの説明をうなずきながら聞いて、時折質問をしてくる。少し離れて護衛のテディも続いた。

「食事は当番制で作っているんです。洗濯も自分たちでしてます」

「どこも綺麗（きれい）にしているのだね」

「ええ、皆で協力して掃除しています。院長先生も一緒に」

「……食事は足りている？」

隣に立つソフィアを見て眉をひそめたクリストファーが聞く。

「はい。運営が厳しいので、育ちざかりの子には十二分にとは言えませんが」

　答えると彼は口元に手を置いた。

「そうか。寄付額を増やさないといけないな」

「そんな！　宰相様は国中の孤児院を自費で援助していると伺っています。それなのにこれ以上の贅沢（ぜいたく）は望みません」

「足りてないなら増やすのが当たり前だろう？　子どもは心配しなくていいんだよ」

　大きな手が頭を撫（な）でる。それにソフィアはまたぎくりと身体を震わせた。

　硬直したソフィアから手を離して、クリストファーがテディを見た。

「テディもそう思うだろう」

「はい」

　忠実な従者が言う。

　浅黒い肌の彼がソフィアに向けるその鋭い視線に、思わずびくついてしまった。

（――ばれてない、よね）

　武術をたしなむ彼はどこか常人離れした雰囲気をしている。鋭い視線は心臓に悪い。

　そして案内の最後に建物の屋上に上がった。

「ここが、私の一番お気に入りの場所なんです」

　洗濯ものを干す場所としても使っているところだ。午後の優しい風が髪をさらっていく。

　遠くに目を向けると、中心地にあるグランディル公爵家の屋敷が小さく見えた。前世で孤児院から引き取られて、王太子の婚約者として王宮に上がるまでそこで過ごした数年間は楽しい思い出ばかりだ。

クリストファーがソフィアの視線を追って、うなずいた。

「私も好きだな」

隣に立つクリストファーが言う。

ソフィアはその横顔をちらりと見た。一番日当たりが良くて心地よい風が通る屋上で、彼が隣にいる不思議を感じる。

（これで、終わり）

予定していた案内の時間ちょうどだ。クリストファーは宰相として分刻みでスケジュールが入っている忙しい身で……しがない孤児の身ではもう会うこともないだろう。

「案内ありがとう、楽しい時間だったよ」

「私もです」

そんな挨拶をして皆の元に戻ると、それぞれお気に入りのおもちゃを手に、嬉しそうに遊んでいた。そのようすに微笑んでクリストファーを院長室の前まで連れてくる。ソフィアの役割はここまでだ。

「それでは失礼いたします」

礼をしてその場を辞した。数歩歩いてほっと息を吐く。

無事に役目を果たせただろうか、胸に手を当てて身体の力を抜いたときだった。

「フリーデ姉さん」

「なぁに？」

少しあどけない懐かしい呼び声に振り返る。院長室の前に立ってじっとこちらを見ているクリストファーの青い目と、視線がばっちり合ってソフィアは動きを止めた。

（し、しまったー！）

青ざめる。可愛く呼び止めるクリストファーの声に応じてしまうのはもう本能だ。

（いえ、それよりなんでわかったの⁉）

うろたえている間に、クリストファーは真っすぐにソフィアを見ながら、目をきらきらさせて走り寄った。

「やっぱり！」

「――違います！　何の話を」

そこで腕を引かれる。先ほどまでの紳士然とした姿ではなく、破顔したままの彼に抱き上げられてソフィアの足が宙に浮いた。

「姉さんだ！」

嬉しそうに頬ずりされて、ひっ、とソフィアは小さく悲鳴を上げた。

「勘違いじゃ、……っとにかく離して下さい！」

「姉さん以外にこんなに輝いて見える人、いないから」

「か、輝き……？」

「どうして自分から言ってくれないのさ。俺、結構傷ついたんだけど？」

頬を膨らませるクリストファーに首を振る。

「だから何の話で」

「――テディ」

「はい」

すぐ後ろについていた従者のテディに受け渡され、そのまま口を塞がれて物陰に連れ込まれた。

「ん、んん」

「……ああなんて恐れ多い……フリーデ様に触れるなんて」

抱きつくテディの腕が震えている。何かぶつぶつ呟く声は、必死にもがくソフィアの耳に入ってこなかった。そこで院長室の扉が開いておっとりした表情の院長が現れる。

「あら宰相様、見学は終わりましたか」

「ええ、とても楽しかったです」

（院長先生……っ）

クリストファーとほのぼの話している院長に、心の中で助けを求める。後ろから抱きつくテディの力は強くて抜け出せない。

「ん、ぅんん……っ」

「よかったら、ソフィアさんをうちの夕食に招待したいのですが」

「まぁ、それは！　いつも頑張り屋な子ですから、いいご褒美になりますわ。どこに行ったのかしら」

きょろきょろと周りを見る院長にクリストファーが言う。

「先に馬車に乗って待っていただいています」

「まぁまぁ！　それではどうぞよろしくお願いいたします」

（院長先生……！）

失礼しますと言われてテディにハンカチで口を塞がれ、肩に担ぎあげられた。クリストファーが院長室に入るのを見届けず、テディはいつの間に調べたのか人けのない裏口からゆっくりとした足取りで孤児院を出て、馬車にソフィアを乗せた。

ドアを閉めて床に膝をついたテディが、ソフィアの口からハンカチを取った。

「ゆ、誘拐……！」

「お久しぶりです、フリーデ様」

先ほどまでの無表情と違い、テディはあどけない笑顔をソフィアに向けた。

＊＊＊

院長への挨拶を気もそぞろに終えて、クリストファーは早歩きで馬車に向かっていた。

（姉さん、姉さん……っ）

孤児院の入り口でソフィアと目が合った瞬間にわかった。知覚ではない、心でだ。

他のものが一瞬で色と意味をなくすほど強烈で鮮やかな存在感。姿かたちは変わっていても、もう一度会いたいと焦がれた姉だと直感した。そしてクリストファーが最も信頼している、自分と同じように彼女を神聖視しているテディにも確認したのだから間違いはない。

（案内をする姉さん、可愛かったな）

一生懸命、孤児院のいいところを説明していたソフィアを思い出す。彼女の口や目や髪や挙動を見ていたからあまり中身は覚えていないけれど。

「公爵様、ありがとうございました！」

「また遊びに来てね」

プレゼントを抱いて無邪気に笑う子どもたちに手を振って、クリストファーは心が急くまま馬車の扉を開けた。

その瞬間、座席の前に膝をつくテディを見ていたソフィアがはっとこちらを向く。綺麗な紫色の瞳を見返して微笑んだ。

「テディ、行こうか」

「はい」

するりと猫のような身のこなしでテディが立ち上がり、馬車から降りる。

遅れて動こうとしたソフィアを制すと、彼女はクリストファーから顔を背けて逆側のドアノブを摑んだ。必死に、鍵がかかったドアを開けようと無駄な抵抗を試みるソフィアを見ていると、しばらくして馬車が動き出した。

クリストファーがソファに腰かければ、ソフィアも隅に座ってうつむいた。

「顔を見せて」

そばに寄って、ぎゅっと身を縮こまらせているソフィアの髪を耳にかける。けれど彼女は動かない。

しばらくそのまま時が流れた。

「……ごめんね、強引な手を使ってしまって」

ソフィアの服の端をクリストファーが握る。

昔、喧嘩したあと――だいたいクリストファーが余計なことをするからだが――、目を合わせてくれない姉にいつもそうやってすがった。

「姉さん」

もう呼ぶことはないと思っていたその名称を、少し甘えを含んだ声で呼びかければ、彼女が少し力を抜くのが分かった。未だに自分に甘い姉のようすに笑って優しく髪を撫でる。

「姉さん？」

「……う、ん」

何度も呼びかけられてようやく観念したソフィアは小さくうなずいた。

「ちゃんと俺を見て」

頬に手を置いて言えば震えながらソフィアが顔を上げた。途端に大きな眼から涙がこぼれる。慌てて彼女は顔を背けた。

「……ごめんなさい」

「ん？」

「あなたに、法廷であんなにひどいことを言って、……姉として合わせる顔がないの」

「姉さんが俺と公爵家を守るためにああ言ったことくらいわかっているよ。……俺こそごめん、役に立たない子どもで」

「そんなことない！」

　ソフィアが叫んだ。

「クリスに会えてあの時どれだけ嬉しかったか……！　信じてもらえて、私はもうそれで十分……不甲斐なさが悔しいの、迷惑をかけるだけで公爵家に何も返せずに死んでしまった……っ」

　泣きじゃくるソフィアを、とっさにクリストファーは抱きしめた。しかしその瞬間、ソフィアが身体を強張らせたのに気づいて手を離す。

「そんなこと気にする必要ないよ。ねぇ、せっかくまた会えたんだから笑顔を見たいな」

　少しおどけながら言うと、ソフィアは眉を下げてクリストファーを見上げた。涙に濡れる美しい眼はそのままに、彼女がほんのわずかに頬をゆるめる。

「……大きくなったね、クリス」

＊＊＊

「ねぇ、せっかくまた会えたんだから笑顔を見たいな」

ソフィアは蕩けるような笑顔のクリストファーを前に、そんな場合ではないとわかりつつ思わず見惚れてしまった。

フリーデが死んでから十六年。傷だらけの手でフリーデに薔薇を差し出してくれた弟はこんなに成長したのだ。

そっとソフィアは自分の銀色の髪に触れた。クリストファーの陽の光を集めた髪と比べてくすんだ色。顔つきも違う、声も違う、それでも見つけてくれたのだ。

ソフィアの服の端を握ったままクリストファーはじっとしている。そうだ、彼が視察に来ると聞いたときから……いや過去を思い出したときからずっと、押さえていた心。ソフィアは立派な青年になったクリストファーを見た。

そのことが嬉しく、そして過程を見守れなかったことが少し寂しくてソフィアは眉を下げて微笑んだ。

「……大きくなったね、クリス」

そのソフィアをじっと見ていたクリストファーが目元をぴくりと動かした。壊れものに触れるように手が伸ばされる。背中に腕が回って軽く抱きしめられ、すぐに離したクリストファーは、大きく深いため息をついて向かいの席に腰を下ろした。

「お父様は、お元気にしている？」

「領地でのんびり暮らしているよ。元々貴族の人間関係よりも田舎のほうが好きな人だし、それなりに楽しく過ごしている。今度会いに行こう」

「……」

静かに首を振る。そこでまた沈黙が落ちた。

テディの運転はみごとなもので馬車の揺れはまったく感じられない。

二人とも無言のまま馬車は進んで、平民街を通り過ぎて中心部に入ったようだ。窓からは孤児院で見るときよりも大きい王宮の姿が望める。

記憶を取り戻してから今まで、ここまで王宮に近づいたことはない。喉に苦いものがこみあげてくるのを感じながらそっとカーテンを閉じると、真顔でこちらを見るクリストファーと視線が合った。

やがて止まったのは王都にある高級ホテルの前だ。クリストファーに手を差し伸べられて馬車から降りたソフィアは、見上げるほど高く、いたるところに繊細な彫刻が施された荘厳な建物を前に戸惑った。

「あの、公爵家に行くのでは」

「色々、思い出してしまうかと思って」

確かに公爵家のタウンハウスにはたくさんの思い出がある。楽しいことも悲しいことも、鮮やかに思い出すのはかの家で過ごした日々だ。

「ありがとう、クリス」

だからこそ彼の気遣いが嬉しかった。

要人向けの人目のない入口に赴けばホテルの従業員がドアを開けてくれる。宰相の傍らにいるみすぼらしい服装の——孤児のソフィアにすれば一張羅だが——子どもを見ても従業員はにこやかに案内してくれた。

エレベーターに乗って着いたのは最上階のスイートルームだ。広い室内に大きなダイニングとリビング、浴室や寝室、書斎まである。白と金を基調にした部屋に置かれている調度品は、上級貴族のものにも引けを取らない。

前世ならまだしも、孤児院暮らしにはこんなきらきらは目に毒だ。

「ふ、普通の部屋は……」

「姉さんと語らうのに普通の部屋なんて使えるわけがないだろう？」

そんな会話の間にテディが手際よくお茶を淹れてくれて、逃げる暇もなくソファに座らされた。緊張で身を硬くしているソフィアの前にクリストファーが腰を下ろす。給仕に立つテディが彼に聞いた。

「お茶請けはいかがしましょうか」

「それなら美味しそうなクッキーがあるじゃないか」

はい、とうなずいたテディがテーブルに出したのは不揃いなクッキーだ。わずかに遅れて皆と一緒にクリストファーのために焼いたものだと気づく。孤児院では食べる時間はないだろうとラッピングをして帰り際に渡そうと思っていたのだ。

「孤児院でひとつ食べたけど……昔、姉さんがよく作ってくれたクッキーの味そのままだ」

そう言って歪(いびつ)な形のクッキーを口に入れる。

「作ったもの全部、クリスが食べてしまうのよね」

「テディともちゃんと分けたよ。なぁ」

「ええ、美味しかったです」

テディがうなずく。昔と変わらない二人のようすに頬がゆるんだ。

紅茶を飲みながらフリーデが死んでからの詳しい話を聞いた。

国家反逆罪で裁かれたものの、すべての罪は自分のみの行いとして処刑されたので公爵家はほとんどとがめを受けなかった。――世間の風評は別として。

特に貴族社会からの評価は厳しく、責任をとって父は引退し、クリストファーは自ら望んで公爵家を継いだ。少し足を踏み外せば即、爵位の返上にもなりえた状況を彼は見事に乗り切っただけではなく、国の重鎮として手腕を振るっている。

(殿下が……私のこととクリスを結び付けずにいてくれて本当によかった)

クリストファーがクッキーを美味しそうに平らげるのを、紅茶を飲みながら見つめる。

楽しい時間はあっという間で、窓の外はもう日暮れにさしかかっていた。

「話を聞けて良かった」

　ソフィアはカップを静かに置いた。

「そろそろ帰らないと」

「……帰る？　どこへ？」

「もちろん孤児院に」

　クリストファーはじっとこちらを見ていた。今までの柔らかい雰囲気ではなくどこか剣呑(けんのん)な視線にうろたえるが、ソフィアは伝えなければならないことを口にした。

「見つけてくれてありがとうクリス、テディ。でも、私のことはもう忘れて欲しいの」

「何を言って……」

「悪女フリーデは黒い塔で処刑されて、ここにいるのは公爵家の血なんて入っていない単なる孤児の子どもよ。あなたの姉ではないわ」

「……」

　クリストファーは返事をしない。昔も拗(す)ねるとそうなっていたことを思い出した。

「クリスもテディもお父様も無事なのがわかってよかった。私は、ここにいるべきではないし心残りも……、っ」

　そこでクリストファーに腕を掴まれた。いつの間にかソファから立ち上がっていた彼を見上げると、冷ややかな視線がソフィアを貫いた。

「クリス？」

　名前を呼ぶと無言のまま腕を引かれる。

「何、っ」

つんのめるようにして引きずられ、彼が乱暴に開けたのは寝室に繋がるドアだ。そのままソフィアは大きなベッドの上に投げ出された。倒れこんだ衝撃でベッドのスプリングがぎしぎしと音を鳴らす。

ドアが閉まり、息をのんで身を起こす前にクリストファーがソフィアに顔を近づけた。

「……姉さんを、忘れる？」

薄暗い部屋の中で彼の眼だけが爛々と光っていた。

何か変なことを言ってしまっただろうか、いやそれよりも。

「ごめんなさい、怒らせたなら謝るわ……でも、少し離れて」

「嫌だ」

手首を摑まれてベッドに押し倒された。上にのしかかる大きな影に、牢屋で幾人もの兵士に穢された場面がよみがえった。

強い腕、押さえつける大きな身体。痛くて怖くて苦しくて泣き叫んだけれど数人に押さえつけられて、凌辱の限りを尽くされた前世の記憶。

皆、笑ってフリーデを弄んだ。それが一気によみがえって呼吸もできない。

「……だめ、なの、わたし」

男性と一定以上近づくと必ずその光景がフラッシュバックした。誰も助けてくれなくて地獄のような時間が過ぎるのをただ待った日々。処刑で首を切るための台を見た瞬間、どれだけ安堵したただろう。

「私、男の人が、怖くて」

ソフィアの上に乗るクリストファーが静かに言う。

「姉さんが兵士に穢されたこと」

「え……――っ」

思わず声が漏れた。そしてその事実を理解した瞬間に顔が熱くなった。

公爵家の娘として、大勢の男性に凌辱されたなんてどれだけ恥ずべきことだろう。それをあろうことかクリスに知られていたなど、今すぐナイフで胸をついて死にたかった。

「安心して。奴らと違って優しくする」

「ひ、あ」

頬をクリストファーが舐める。それで自分が知らず泣いていたことを知った。

「姉さんの身体を抱いた兵士どもが羨ましかった」

ソフィアの両手を簡単に片手で押さえたクリストファーが、しゅるりと衣擦れの音をさせて自分のタイを外した。

「俺が憧れて焦がれて、愛していた姉さんを」

「っ、クリ、ス」

「穢した奴は全員殺したよ」

耳元でささやかれた声にソフィアが息をのむ。視線を向ければ、麗しい青年はうっとりとソフィアの頬に指を這わせた。

「嘘、……」

「もちろんバレないようにね。あの裁判長なんて滑稽だったなぁ、毒を少しずつ飲ませて苦しむ様を見せたかった」

そう朗らかに笑うクリストファーにソフィアは青ざめた。

兵士は何人いただろう、恐ろしい現実に頭が働かない。何よりいたいけで愛らしいクリストファーの姿しか知らないソフィアにとって、その言葉は信じがたいものだった。

「どう、して」

「どうしてって」

頤を摑まれる。無理やり視線が合わされた。

「姉さんを愛しているから」

「――」

「俺がそういう目で見ていたこと、気づいてなかったでしょ？」

「あ、……っ」

ソフィアの手を摑んだまま、クリストファーのもう一方の手が身体をまさぐる。服越しにゆっくりと煽るように撫でられて、弟の手だとわかっても心が拒絶する。

「ん、っ」

「姉さんが望んだからと、あいつなんかに渡したのが間違いだった。姉さんの身体がどれだけやわらかかったのか、甘かったのか、想像するだけで気が狂いそうだったんだよ？　それを自分のもののように犯した奴らをどうして許せるの」

何も言葉が見つからずにソフィアはただ首を振った。クリストファーの手が膨らみかけの胸をすくう。形を確かめるように少し力が込められて指先が頂の先端を掻いた。

「ふ、……う、あぁ……っ」

「これから毎日揉んで、大きくしてあげるね」

楽しそうにささやくクリストファーの手の中で胸は好きに形を変える。けれど弄られても快さはない。先端を優しく引っぱったり押し潰したりと刺激を繰り返されながら、ふるふる震えてそれに耐えていると、息を荒げたクリストファーの顔が近づいた。舌がべろりと首筋を這う。

「……ひゃっう」

その瞬間、身体が跳ねた。その反応にクリストファーが気づかないはずはなく、ソフィアの抵抗を押さえつけながら首を——前世、斬られたところを執拗に舐められた。

「ここ？」

「は、っ……あ、あぅ」

逃げようとしても動けない。ソフィアの銀の髪に指を絡めたクリストファーの、なま温かな舌が喉を這う。くすぐったさとは明らかに違う感覚にソフィアの目の前でちかちかと

星が舞った。

「ねえ、どうして最後にも立ち会わせてくれなかったの？　全部が終わった後、首がなくなった姉さんの遺体を見る俺の気持ちなんて考えもしなかったんだろ」

「それは、あ、っあ……やめ、っ」

耐えきれずにびくびくと身体が縮こまる。その懐かしくおぞましい感覚に涙があふれた。

「助け、……やだ、やだぁ！」

「今度は、運命に攫(さら)われる前に大事に捕まえておかないと」

「ん、ふぁ、あ――……っ」

歯を軽く立てられて腰が勝手に動く。すぐに抗えない感覚がやってきて、ソフィアはクリストファーの腕の中で達した。

「ふ、っう」

「泣かないで」

嫌だと言いながら弟の手で達した己を受け入れられず、涙をこぼすソフィアにクリストファーが優しく声をかける。シーツに顔を埋めるソフィアの耳を彼が食んだ。

「あ、っあ……」

弱い耳に舌がさし込まれ、丹念に舐められて外郭を舌が這い、濡れた水音が直接脳髄に響いて声が出た。慌てて口を塞ぐが、なかなか彼は耳を離してくれない。何とも形容しがたい感覚は腰やお腹にたまって、ソフィアは気づかれないように足を擦り合わせた。

「耳も弱いみたいだね」

そう言うクリストファーはソフィアの知る愛らしい少年ではなかった。公爵家当主、国を担う宰相、誰をも引きつける美丈夫。もちろん年月の分、彼は大人になったのだ。

「――待っ、いったばかりで、っ」

この身体での初めての感覚にまだ頭が追いつかない。舌足らずに叫ぶがクリストファーにベッドにあおむけにされて、スカートの裾から潜り込んだ手に内腿を撫でられた。

「ふっ、……」

「ゆっくり慣らそうか。時間はたっぷりあるからね」

「じ、かん」

「孤児院のことは気にしなくていいよ。テディが全部うまくやってくれてる」

下着の中に指が入ってきてソフィアは青ざめた。

「ひ」

一度達したが蜜は少ない。ソフィアの反応を探るようにしてクリストファーの指が愛蕾を撫でるが、感じるのは快楽ではなく恐怖だ。あの恐ろしい瞬間が近づいて来るのを認識して身体が震える。

「ん、っん、う」

「大丈夫、ここには俺しかいないよ」

唇を閉じていると口づけが髪や頬に落ちた。

指が入り口をなぞる。奥に潜り込むような動きに硬直すれば、慰めるように頭を撫でられた。

「は、……ぅ」

「可愛い手」

口元に置いていた手をそっと取り上げられた。宝物を扱うように持ち上げたクリストファーは、ソフィアの指先を口にふくんだ。

「ひゃ、あ」

熱い口内に導かれ、指の先から付け根に向けて舐められるのを繰り返されると、背中がぞわぞわしてくる。指先を歯でかり、と囓(かじ)られて背中が跳ねた。

「ん、う」

「姉さんも、舐めて」

目の前にクリストファーの手が差し出された。動けずにいると、しばらくして指が唇を割って口に入ってくる。

「ん、っ……」

彼のもう片方の手はまだ下着の中に入ったままだ。口に入れられた指は好き勝手に動くのですぐに唾液がこぼれた。離させようと両手で握るが出ていく気配はない。

「ふ、……」

「ちっちゃい舌だね」

「ん、む」

「はぁ……これだけでも俺イキそ……」

指がソフィアの舌を撫でる。顔を紅潮させて熱い息を吐いた彼は、時折苦しそうな表情で指の動きを止めながら存分にソフィアの口の中を探った。下着に入り込んだ手は、蜜をこぼさないことで諦めたのか、ようやく離れてくれた。

（口、だけなら、まだ）

息苦しいが性急さはなく、震えが少し落ち着いてきた。それを見てソフィアを抱き起こしたクリストファーは、己の膝の上に乗せてもまだ指で口を堪能する。抱きすくめられて動けないまま彼が飽きるのを待つが――。

（……う）

ずっと指で刺激されてわずかに熱があがる。口を攻められながらやわく胸を揉まれ、お腹を撫でられているうちに、意識がぼうっとしてきた。

「……む、うぐ」

舌を撫でたり頬に口づけたりするのにクリストファーは唇にキスをする気配はない。

「ん？」

顔を上げると嬉しそうな彼と目が合う。薄い唇を舌が舐めるのを見たところで。

「クリストファー様」

「っ」

扉がノックされてテディの声がした。腰がくだけて動けないソフィアを抱き上げて、クリストファーが扉を開ける。動く力もなく肩にぐったりともたれるソフィアの前で彼らは小さく言葉を交わした後、テディからクリストファーに小さな瓶が渡された。

パタンと扉が閉じて、ソフィアは嫌な予感とともに聞いた。

「それ、は?」

「媚薬入りの潤滑剤」

「び……」

「初めては助けがあったほうがいいでしょ?」

悪びれもなく言い放ったクリストファーはベッドに戻って端に腰を下ろすと、膝の上にソフィアを乗せて片手で器用に蓋を開けた。中身のとろりとした液体が手のひらに載る。その表面がわずかな光に反射するのを見て、とっさに逃げようとした身体を彼が押さえた。

「や、っクリス……」

「大丈夫大丈夫」

片手で抱いたまま素早くクリストファーがソフィアの下着の中に手を差し入れる。気だるい戯れの間に昂らされた身体は先ほどまでと違い、ぬめる指を簡単に受け入れた。

「は、……」

本能的に身体を縮こまらせたソフィアを強く抱きしめて、クリストファーが中で指を動かす。思ったより痛みはないが、クリストファーの服を握ってソフィアは悲鳴が出るのを押さえた。

「ふ、っう」

大きな身体にすがりつく。指の一本でも違和感がある。けれど指はゆっくりと入口近くを擦っては器用に奥へと潜り込んだ。

「痛い？」

顔をのぞきこまれて必死に首を縦に振るが、動きは止まらない。

「は、っあ……ぁ」

液に入っている媚薬のせいか、与えられる甘い快楽に身体は反応し始めた。前世で犯された時とはあまりにも違う感覚に、頭にかすみがかかって思考がうまくまとまらない。

「んっあ……は、う」

中からも蜜があふれ出して水音が大きくなった。腕の中のソフィアの抵抗が小さくなったのを感じたのか、クリストファーが拘束する力をゆるめる。

反応を見極めるように、彼はたまに瓶の中身を手に垂らしてはそれを指で塗り広げる。

そして、奥の一点で指を曲げた。

「っ」

痛みにも近い圧迫感しかなかったのに、それだけで鳥肌が立つ。

びくんと身体を震わせたソフィアを見て、クリストファーはそこを指の腹でトントンと何度も軽くノックした。

「や、っ、そこは……っふああ」

「きもちいい?」

「わかんな、あ、あ……っ」

意識がそこに集中する。決して急がずに何度もノックされて、ソフィアは身悶(みもだ)えた。

「いや、そこ、ぁ」

「ここ、姉さんの気持ちいいところだよ」

逃れようとするが、器用にすぐにまた探り当てられる。

「っう、あ……っああ――」

先ほどよりも強い快感に喉が震えた。奥の脈動を指で楽しんだクリストファーは、ゆっくりと指を抜き、びくびくと身体を跳ねさせてすがるソフィアの髪を撫でた。身体が熱くて視界が涙でにじむ。手の先まで痺(しび)れたようで自分の身体も支えられなかった。

「とろんとして可愛い」

ベッドに下ろしたソフィアの首元に結ばれたリボンを解いて、クリストファーがシャツのボタンを外していく。すでに下着は取り外されていて、小ぶりな胸が外気に触れた。その胸にむしゃぶりついた彼が先端を舌で転がす。軽く吸われては押し潰されて、そのたびに奥がうずいた。

「ん、ん……」

「この服も可愛かったけど……これからは俺が姉さんの服を全部買うからね」

いつの間にか服を手早く脱がされ、一糸まとわぬ身体がクリストファーに晒されていた。それを見下ろして彼も暑そうに服を脱げば、均整の取れた上半身があらわれる。男性らしい筋肉がついているその姿は、やはり牢のことをソフィアに思い出させた。

「あ……」

意識すれば恐ろしさが背筋をはい上がる。

「指、増やすよ」

波が引いた入口からまた指が潜る。一本でも苦しかったのにさらに辛さが増す。それでも奥を探られながら入口近くの蕾を手のひらが擦れば、媚薬で昂る身体は素直に反応した。

「っひあ、……あ、あう」

「可愛すぎだろ……」

「や、っあ」

またあの弱いところを擦られて腰が跳ねた。自分の奥がぎゅうっと締まる感覚があって奥深く入る彼の指を嫌でも意識させられる。

(ここ、まで)

そう思うと恐ろしさで胃液の酸っぱい味が喉にせり上がり、ソフィアは口を押さえた。

「……ぅ」

「姉さん?」

「……お、ねが……今日は、も……」

胃の中のものが逆流しようとするのを必死にとどめて喘ぎながら言うとクリストファーはようやく動きを止めた。

「今日、は？」

「……」

こくこくとうなずくとクリストファーがソフィアの身体を抱きしめる。

「じゃあ……続きは明日？」

「うん」

今この状況を逃れられるならなんでもいい。必死でうなずくと名残惜しそうに中から指が抜かれる。ほっとすると同時に涙がこぼれた。

「う、……っ」

「泣かないで姉さん」

泣かしている張本人がそう言ってなぐさめる。裸のソフィアに先ほど脱いだ自分のシャツを羽織らせて、クリストファーはソフィアの目尻や頬や髪にキスを繰り返した。

「媚薬は辛くない？」

「だ、誰のせい……」

「俺だけど」

まったく悪びれないクリストファーをソフィアは睨んだ。

下腹部は潤滑剤で濡れていて媚薬のせいで身体が熱い。先ほどまで着ていた服はベッドの下に落ちたのか見当たらない。

シャツを引き寄せると、ふわりとクリストファーの匂いがして、は、とソフィアは息を吐いた。そのようすをクリストファーはしげしげと眺めた。

「俺のシャツがそんなにぶかぶかなの」

驚いたように言われて自分の格好を見下ろす。手の先はシャツの袖から出ず、裾はスカートのように広がっている。そんなソフィアから彼は自分の股間に目をやった。

「俺の、入るかな」

「――っ」

つられて見ればズボンが立ち上がっている。洋服越しにもわかるその大きさにソフィアは青ざめた。そんなものを受け入れたら死んでしまう。その恐怖を感じ取ったのかクリストファーは慰めるように髪を撫でた。

「大丈夫だよ、めろめろとろとろにして痛みなんてないようにするから。はぁ、早く姉さんの中に入りたい」

「お断り、します……っ」

「だめ」

逃げ腰なのを感じたのか彼に腕を摑まれる。

「でも私たち姉弟だし……」

「もう血も繋がってないってさっき自分で言っていたじゃないか」

「そういう問題じゃ」

　このままではクリストファーのペースに巻き込まれると気づいて、ソフィアはこほんと咳払いをした。

「クリスは私にとって大事な弟で、こ、こういうことをする感情はないの」

「俺はぐちゃぐちゃにした姉さんを抱きたいとしか考えてないけど」

「クリス！」

　拳を握るとそれを取られた。唇を嚙み締めたソフィアを前に、クリストファーは肩を落として視線を下げた。

「でも、……姉さんが本当に俺のことが嫌いなら、いい」

「っ」

　叱られた子犬のようなしょぼくれた表情に胸が痛む。上目遣いで見上げるのは澄んだ碧(あお)色だ。クリストファーに泣きそうに見つめられるとソフィアは弱い。それは前世からのことで──。

（でも、はっきり断らないと）

　ぎゅっと一度目をつむって気合を入れて開ける。目の前のクリストファーはさらにうなだれて力なくしょんぼりしていた。

「……嫌い、とかでは……」

「よかった。ならいいね」

「つぅ」

あっさり表情を笑顔にしたクリストファーにソフィアがうめいた。

(クリスは、純粋な子どもの頃とは違うと自覚しないと)

公爵家の跡継ぎとして育てられた彼はもともと話術がうまいし、本当に純粋無垢だったのかと言われると疑問が残るが、少なくともフリーデには素直な子だった。ダメなことを叱ったらもうしなかった。

(……突っぱねたらよかったのかしら)

「そろそろ寝ようか」

ふわぁとあくびをして、クリストファーはソフィアを抱いてベッドに入った。彼の裸の胸に顔を押し付ける形になったソフィアが固まると、くすりと笑って耳元でささやく。

「今日は、もう何もしないから」

「……」

優しくて甘い声はもう忘れてしまったクリストファーの変声期前を思い出させる。

(昔は、私の方が背が高かったのに)

何もしないと聞けばほっとして、ソフィアはわずかに力をゆるめた。

夢に誘うように優しく髪を梳く手を拒絶できない自分を知る。クリストファーのそばにいることが嬉しいと思っている気持ちも。けれどこれ以上はいけない。

考えたいことはあるのにいろいろなことがありすぎて、睡眠を欲する身体に逆らえず、ソフィアは温かな腕の中で目を閉じた。

＊　＊　＊

「……姉さん？」

クリストファーは腕の中で小さく寝息を立てるソフィアに呼びかけた。頬を撫でる。やわらかな肌の感触に息を吐きながら、吸い寄せられるように口づけた。

彼女の髪はまるで静かな雨のような白銀色。目は菫（すみれ）のような紫色だ。己と似ている顔つきではないのは確かに残念だが、そんなことは些末（さまつ）なことだ。

姉フリーデは父と侍女の間にできた子だった。

貴族にスキャンダルは日常茶飯事だと思っていたが、己の父も同じ過ちを犯したと知ったときは失望した。だがフリーデの母である侍女が病で死んだことを知ったクリストファーの母親は、孤児院にいた彼女を引き取ると言い出した。

その事実に幼いクリストファーは呆（あき）れと反発を覚えたが、公爵家にやってきた姉を見たとき彼は言葉を失った。

透き通った肌に大きな瞳。背中の半ばまで伸びる髪は明るい糖蜜色。妖精のように愛らしいという言葉はきっと彼女のために用意されたものだろう。

『使用人として置いていただけるだけで十分です』

そう何度も繰り返した姉の姿をよく覚えている。静かで凛としていて、まるで夜にたたずむ月のような女性。

はじめは出自の事情もあってそっけない対応をしようと思っていたのに、クリストファーの前にしゃがんで視線を合わせた瞬間、微笑んだフリーデに囚われた。

姉の唇から名前を呼ばれるだけでドキドキして、その姿を密かに追ってしまう。彼女はまるで初めから公爵家で育ったかのように礼儀作法もすぐに身につけた。そしてクリストファーの母親が数年後に亡くなったときには一緒に泣いて悲しんだ。

公爵家の箱庭のなかで美しい姉を独占できるのが何よりも誇らしかった。ずっと一緒にいるのだと信じて疑わなかったのだ。だがその希望はすぐに打ち壊された。デビュタントの日に、フリーデは王太子に見初められたのだ。

思い出すだけでも腹立たしいそのことを頭から振り払いながら、クリストファーは寝ているソフィアを見た。

（細いな）

十六歳と院長から聞いたが華奢すぎる。孤児院では本当にちゃんと食べさせていたのだろうか。今度調べてみようと決意する。とはいえ姉への悔恨から積極的に国内の孤児院を見てきたクリストファーからしても、もっとひどい栄養状態の子どもは何人も見てきた。あの孤児院はだいぶマシなほうだ。

髪を撫でる。ちゃんと梳かして、おいしくて栄養のあるものを食べてもらって、そして。

「もう、一生離さないよ」

ぎし、とベッドを揺らしてクリストファーはソフィアの上に覆いかぶさった。媚薬が残っているせいか赤くなっているやわらかい頬に口づける。顔を下げてそろりと彼女のシャツをはだけさせた。

華奢な肢体が晒され、そのきめの細かく白い肌とあわく膨らんだ胸、うすい腹、そしてクリストファー以外誰も触れていないところを前に知らず唾を飲みこむ。

「ん……」

身じろぎをするがソフィアは起きる気配はない。媚薬と……睡眠剤を含んだ潤滑剤のおかげだろう。

「辛い思いをした姉さんをすぐに抱けるなんて思ってないよ、ちゃんと俺が慣らして……痛くないようにしてからね」

よく寝ているのを確認してクリストファーはソフィアの白い太腿に手を滑らせ、中途半端に昂らせられた淑やかな入り口に顔を近づけた。舌の先でつつましく皮を被る蕾をつつく。次いでべろりとそこに這わせた。

「っ……う」

目をつむったままぴくりと反応したソフィアが声を出す。銀色の下生えに顔を埋めるようにして蕾を口の中で愛撫し、ひくついている入り口に唾液を絡ませた。

やわらかなそこが潤ったのを確認して舌を差し入れる。起きているときではできない愛撫で丹念に蜜口をほぐしていった。

「ふ、ぅ……っ」

気持ちいいのか時折漏れるソフィアの声は甘くクリストファーの耳を打った。指一本でも苦しそうだった隘路(あいろ)を慎重に舌で撫でて、時折きゅうっと締まる感覚を堪能する。

（早く、俺のをいれたい）

ここにクリストファーのものを入れたらどれだけの快楽に包まれるだろう。想像するだけでもぞくぞくして、ずっと姉の体温と重さに反応していた雄茎がまた一段と硬くなる。

「ふー……」

理性を総動員して息を吐く。顔を上げてぷくりと膨らんだ愛蕾をもう一度舌で撫でながら、人差し指をゆっくり差し入れた。

「あ、……あ」

熱いほどの蜜洞は先ほどよりも奥まで指を受け入れてくれる。ぎゅうっと全体に絡みつくように壁がクリストファーの指を包んだ。

ちらりと顔を見ると寝てはいるが辛いのかソフィアは眉を寄せていて、クリストファーはそれ以上奥に指を進めるのは諦め、代わりに敏感な蕾を舌や唇で慰めながら入り口近くを何度も擦った。

「あ、あ、……っう、ぁ」

か細い喘ぎ声が寝室に響く。それにかぶさるようにぐじゅぐじゅと水音が大きくなって一層ソフィアの熱が上がる。わずかに弛緩(しかん)した隙を探って、先ほど見つけた奥の弱いところを軽く叩(たた)きながら蕾を吸った。

「っふ、う、ぁ――……は、あ」

途端にびくびくと身体が跳ねて奥が何度も収縮した。身悶えるソフィアから惜しみながら指を抜いたクリストファーは、身を起こして彼女の銀髪に口づけた。

――運命、とかつての王太子とフリーデの恋はささやかれていた。

人当たりはいいが特定の女性をそばにおくことをしなかった王太子が、デビュタントで見初めたのが可憐(かれん)なフリーデだ。出自を感じさせない完璧な公爵令嬢は慈愛に満ちていて、二人が並ぶとそれだけで一枚の絵画のようだった。

神が彼らを引き合わせたのだと、クリストファーも諦めとともに信じて疑わないほどに。それがわずか数年で思いもよらぬ――最悪な結末を迎えるなど誰が想像しただろう。

「ごめんね、はやく姉さんを俺のものにしないとまた攫われてしまうから」

自分が歪んでいることはとうに気づいていた。

未だ目を覚ますようすのないソフィアを前に、クリストファーはトラウザーズの前を寛げて、腹につくほどそそり立つ熱杭を取り出した。

第二章　青年宰相

「……ん？」

やわらかなベッドの上でフリーデは目を覚ました。いつも寝ているベッドのマットレスは古い寄贈品でもっと硬い感触のはず。不思議に思って顔を上げると、目の前には寝ているクリストファーの姿があった。

上半身裸の彼がソフィアの背中に手を回して、がっちりと抱きかかえている。

（そうだ、私、クリスに……）

指を入れられた下腹部はまだ違和感があった。ソフィアは寝ているクリストファーの髪にそっと手を伸ばした。

金色の髪は昔と変わらずやわらかく、撫でる手からするりと逃げる。神様から愛された子、と呼ばれていた相貌は年を経て変わらないどころかますます光り輝いている。

この子に幸せになって欲しい、そう前世のソフィアは望んだ。他には何もいらないほどに。けれど己が死んだあとどれだけの迷惑をかけただろう。

——俺がそういう目で見ていたこと、気づいてなかったでしょ？

ソフィアにとって彼は大事な弟で、指摘通り気づいていなかった。

(でも、それはきっとそばにいたからというだけで……ん？)

そっと起き上がったソフィアが自分の髪を耳にかけると、やけにごわごわした感覚がした。身体にも違和感があってシャツのボタンを外して確かめると、胸元からお腹に白いものが乾いてこびりついている。

精液をかけられたと判断した。

「クリス！」

「っ」

声を荒げるとクリストファーが目を覚ました。声に驚いたようでびくりと身体を震わせたあと、寝起きに頭を掻いた彼は、シャツの前を握り、顔を真っ赤にしているソフィアを見た。嬉しそうに相好をくずす。

「おはよう、姉さん」

「おはようじゃないわ、……っこ、これ」

シャツを握っているようすで気づいたのだろう、彼は悪びれもなく言った。

「あぁ、ごめんね。拭き取りそびれた」

「まずかけたことを謝りなさい！」

「じゃあ寝ている間に中で出したほうがよかった？」

「……っ」

口をつぐんだソフィアの頭を撫でてクリストファーが身体を抱き上げ、寝室の奥にある扉に向かう。

「お風呂で洗ってあげるよ」

「えっ、い、いい！」

「遠慮しないで。昔もたまに一緒に入っていたでしょ」

「子どもの頃の話でしょう……!!」

たくましい腕の中でもがいて抵抗するが、歩みは止まらない。

「つまり姉さんは俺の裸を知っているわけだ、これは不公平だよ」

「だから子どもの頃の」

「どちらにせよ昨日見たし見られたし、今さら」

「っ」

確かに暗い寝室でソフィアは一糸まとわぬ体をクリストファーに見られている。

「だからといって……」

「うんうん」

聞き分けのない子どもにするように相槌(あいづち)を打ちながら、クリストファーは片手で器用にソフィアのシャツのボタンを外した。

「クリス！」

その後は抵抗もできずに服を脱がされて浴室に入る。

明るい日差しの差し込むそこで縮こまるソフィアに、クリストファーは優しくシャワーをかけた。椅子に座らせたソフィアを宣言通り綺麗に洗い、置いてあるシャンプーや石鹸で丹念に髪や身体を洗う。

嬉しそうに世話をするクリストファーを前に、ソフィアは諦めとともに好きなようにさせた。そして泡が一面に浮く長細い陶器の浴槽に二人で入った。

（うう……）

抵抗したのだがやはりここでもソフィアはクリストファーの膝の上だ。お湯越しに互いの肌が触れ合う。

クリストファーは嬉しそうにうなずいて鼻歌を歌い出した。それが小さい頃に一緒に口ずさんだ子守唄だと気づいて、どこか懐かしい思いに駆られる。

（お風呂、久しぶり）

温かいお湯に全身浸っているとなんだかほっとする。クリストファーの低くて少しかすれた歌声を聞いているうちに力が抜けてきた。

「もう触っても平気？」

「！」

状況を忘れていた。泡のついた手が肌を滑ってソフィアはびくっと震えた。クリストファーが、寄りかかるようにして立ち上がろうとする身体を押さえる。後ろから胸をこねられてソフィアは身体をよじった。

「もう出る……っ」

「朝食ができるまで待って」

「あ」

お腹をなぞった手が足の間に入った。止める間もなく指が中に侵入するが、昨日と違う違和感にソフィアは目を見開いた。

（え？）

確かにお湯で弛緩していているけれど、昨日ほどの痛みも圧迫感もない。そのことに混乱している間に指が何度も内壁を擦った。

「ふ、っ」

「ああはやく、姉さんとひとつになりたい」

お尻に硬いものが当たる。昨日はそこまで意識を割けなかったクリストファーの、その大きさを再認識してぞっとする。

（これを、入れるの？）

たしかにかけられるほうがマシだ。脂汗を流して硬直したソフィアに彼が微笑んだ。

「試してみる？」

「ひっ」

指が抜かれて太腿に剛直が滑りこんだ。とっさに足に力を入れると締めつける結果になり、クリストファーが「う」と小さく声をあげる。

凶悪な屹立が太腿の間から顔をのぞかせていた。すでに膨らんだ亀頭が鈴口をソフィアに向けている。

「こうして」

「っ」

ソフィアの腰を掴んだクリストファーが動いて、太腿をゆっくりと雄竿が擦る。泡と湯のせいで動きは滑らかだ。それが、ソフィアの柔らかいひだをかき分けて愛蕾にキスするように触れるからたまらない。

「は、っあう」

「逃げちゃダメ」

腰を掴む手が強くなる。逃げられないまま性感帯を刺激されてすぐに熱が上がってきた。時折亀頭と愛蕾の先端同士が触れる。それだけで痺れるような感覚が走った。

「本当は、可愛い口に含んでほしいけど……」

「あ、あれは、きらい」

赤い顔で思わず叫ぶとピタリとクリストファーの動きが止まった。

突然の中断に髪を乱したまま振り返ると、顔をしかめた彼が舌打ちした。

「――やっぱり、あいつらもっと苦しめればよかった」

その言葉にうろたえる。

「……彼らは、その……親衛隊の騎士ではなかった、のよね」

身元も確かでない者が、王宮の広間を騎士の格好でうろつけるはずもない。そう考えれば、おそらくは下級兵士だったのだろう。

フリーデの尊厳と命を踏みにじるために、あの出来事を手引きした者がいる。クリストファーはすべて殺したと言ったが、そんな大量に兵士が処分されたなんて聞いたことはない。しかも中には裁判長含めて、数人の貴族もいたはずだ。

「本当に、その」

「もちろん始末したよ。テディもいてくれたしね。姉さんに何をしたか、何回抱いたか全部吐かせた上で」

「……う、え、と」

たしなめようとしたのに予想外の返答がきて対処に困る。ソフィア自身、凌辱の詳細は覚えていない。それをもしかして全部知っていて……。

「知ってて、精液をかけたんだ」

ソフィアはじっとクリストファーを見た。

「おっと、朝食ができたみたいだよ」

そう言ってクリストファーが扉のほうを見る。わずかに遅れてこん、と浴室の扉が叩かれた。

「食事の準備ができました」

聞こえてくるのはテディの優しい声だ。

「今出る。もう少し待って」

「はい」

気配が遠ざかる。もうのぼせそうなほど身体が熱くなっていて、出ようとした身体をクリストファーが向かい合わせにした。片手で背中を支えた彼がソフィアの胸元に顔を埋める。その状態でクリストファーが自分のものを擦り始めた。

「っ、一人でしなさい」

「姉さんの匂いを嗅ぎながらがいい」

ソフィアは離れようと暴れるが、湯があふれるだけだ。力の差は歴然で、クリストファーの荒い息遣いが響く中、顔を真っ赤にして耐えていると。

「あ、っぐ、あ」

「え」

クリストファーが少し身体を起こす。彼の大きくそそり立つものが見えてしまいそうで、慌てて目をつむると遅れて頬や胸元に熱い飛沫（しぶき）がかかった。

とろりとした粘性のものが肌を滑るのを感じたところで、クリストファーが荒くて大きな息をつき、うっとりと目を開けた。あまりのことに口をぱくぱくしているソフィアに彼が目元をゆるませた。

「また身体を洗わないとね」

「……もう知らない！」

クリストファーを追い出して、一人で身体を洗い流し、浴室を出る。

洗面台には服が用意されていた。絹のつややかな白いワンピースだ。ソフィアの目利きでは孤児院で着ていた服すべてを合わせた値よりも高そうだ。しかし他に着るものはないし観念して袖を通せば、はかったようにぴったりだった。

クリストファーは新しいシャツとトラウザーズにすでに着替えていて、タオルでソフィアの髪を乾かした。

廊下に出ればいい匂いが漂っている。居間に置いてある机にテーブルクロスが敷かれて、ほかほかのパンやオムレツ、ベーコンを焼いたもの、ポタージュが用意されて窓から入る朝日に照らされていた。

ぐぅ、とソフィアのお腹が鳴る。考えてみれば昨日の夕方から何も食べずに寝室にいたのだ。椅子に座ろうとするとクリストファーにぐっと腰を掴まれて、彼の膝の上に乗せられた。

「はい、あーん」

その状態で彼はふわふわのオムレツをフォークですくってソフィアに差し出した。

「……自分で食べられるわ」

「遠慮せずに」

テディは静かに控えてそのようすを見守っている。

「私は人形じゃないのだけれど」

「だって、離れたら消えてしまいそうで」

じっと顔を見られる。色々なことがあったが再会してまだ一日経っていないことに気づいた。今度はパンを一口大にちぎって差し出す手を見て息を吐いた。

「こんなにのんびりしていて、仕事はいいの？」

「姉さんを構う以上に大事な仕事が？」

「宰相でしょう！」

今は議会の真っ最中のはずだ。昨日の孤児院訪問もその忙しい時間も合間を縫って行われた。そういえば視察の後に仕事が入っていると聞いていたのに、昨夜もまったく気にしていなかった。

「平気だよ。部下は皆、優秀だし」

「陛下が困るでしょう」

言えばピクリとクリストファーの眉が動いた。

「……具合が悪いから休むって伝えているよ。早くよくなるようにと返事ももらった」

「そう」

献身的に国王の手足となって働くクリストファーと、ゲルトの信頼関係はよく耳にしている。

「はい」

給餌を再開されてひとさじのスープを差し出される。

やりとりにも疲れてしまって、ソフィアは今度は大人しく口を開けた。

少し出かけてくるよと言って、朝食のあとクリストファーはソフィアの頭を撫でてホテルから出て行った。

部屋にテディと二人で残される。浅黒い肌に白い髪の彼はクリストファーと同じ年で、今年で二十八歳。もともと父が公爵家に連れてきた子だ。異国の少数民族の少年だという彼は、とある奴隷商に売り飛ばされていたところを人身売買の取り締まりをしていた父が保護した。

国元に帰すつもりで手続きをしていたが、テディはフリーデやクリストファーと一緒にいたいと言ってこの国に残ることを決めたのだ。

子どもの時から身体能力が高く、大人顔負けの剣の腕をしていて、フリーデが王宮に上がった際には護衛としてついてきてくれた。口数は少ないがいつも穏やかに微笑んで、フリーデの身辺を守ってくれたのだ。

「……テディ」

声をかけると、彼はやわらかく笑った。

「何か必要なものはありますか？」

「孤児院に行きたいのだけど」

「申し訳ありません、クリス様に部屋から一歩も出すなと言われていまして」

爽やかに断られる。

「……あなたも、怒っている？」

「何がでしょうか」

「お父様に頼んで遠ざけたこと」

「いいえ」

にこにこと返答する姿にほっとすると、テディが口を開いた。

「私がフリーデ様の代わりに罪をかぶると言ったのに頑なに断わられたことも、処刑が終わるまで公爵家の地下牢に閉じ込められたことも、まったく気にしておりません」

怒っている。

「焼き菓子はどうでしょうか。もうすぐ出来上がりますが」

「……いただきます」

「はい」

その声にかぶさるようにオーブンの音がした。

以前は護衛任務だけだったが、従者としての技能も身につけたのだろう。公爵で宰相のクリストファーを過不足なく支えているのが目に見える。……孤児院から誘拐まがいで連れ出された時の見事な連携ぶりからして間違いない。

席にうながされて、用意されたのは焼きたてのスコーンと果物のジャムがいくつか、そして新鮮なクロテッドクリームだ。

「太ってしまいそうね」

「ソフィア様はもっと太らないといけませんから」

「……レディにそんなことを言ってはいけないわ」

朝食を食べて間もないが、焼きたてに心奪われてひとつ手に取る。半分に割るとスコーンの生地から甘い小麦の香りが立ち上った。手作りらしいイチゴのジャムとクリームを載せてかぶりつけば、前世で食べた公爵家の料理長の味そのものだった。

懐かしさに胸がいっぱいになって、つい行儀を忘れて頬張ればテディが隣に立った。

「失礼します」

彼の指先が口元に触れる。余韻を残して離れたそこにはクリームが付いていた。

「あ、ありがとう」

「いえ」

その指を舐めて何事もないようにテディは仕事に戻った。

お腹いっぱいスコーンを食べた後はすることがない。ソファに座ってクッションを抱き、バルコニーから入る穏やかな風に吹かれる。

昨日からクリストファーに散々いたずらされて疲れた身体はまだ休息を欲していた。窓から入る日差しに温められると、とろとろと瞼が下がってくる。何度か舟をこいでは慌てて起きるのを繰り返していると、いつの間にか眠ってしまった。

＊＊＊

テディはソファでクッションを抱いて眠っているソフィアに気づいて近づいた。長いまつ毛を閉じる彼女の呼吸を確かめ、安堵してそっと毛布をかけた。

健やかな寝息を立てる彼女の肩が小さく上下する。前世とは容姿が違うが、内面の気高さや温かさゆえだろうか、彼女はやはり美しい。クリストファーの見立てで手配した柔らかい素材の服はよく似合っていて、その白い首元にはいくつも赤い痣が残っていた。

それにそろりと手を伸ばして――動きを止めたテディは静かに立ち上がった。

「ただいま」

すぐにクリストファーが入ってきた。入口で出迎えて帽子や外套、杖を受け取る。

「いかがでしたか」

「手続きは全部終わらせてきた。姉さんは？」

「ソファでおやすみになっています」

居間に続くドアを開けたところで、すやすや寝ているソフィアを見たクリストファーが口に手を置いた。

「……っくそかわいい……！」

荒く息を吐きながら、起きないように小声で叫ぶ。同性としてフリーデよりも近くにいることが多かったテディには見慣れた姉好き発作だ。おそらく、完全に猫を被っていたから彼女は気づいていなかっただろうけれど。

上機嫌に近づいたクリストファーは、ソファのひじ掛けに腰を下ろしてソフィアの髪を撫でた。

開けたバルコニーから入る風がカーテンや観葉植物の葉を揺らす。

目を閉じるソフィアを見下ろすクリストファーの目はどこまでも穏やかだ。フリーデが亡くなって――いや、彼女が王宮に上がると決まったときからずっと張り詰めていた空気は陰に隠れている。窓から入る光に照らされるようすは、宗教画の天使を思わせた。それは寝ているソフィアも同様に。

しばらくその髪の手触りを楽しんでいたクリストファーは、立ち上がって上着の内ポケットから一通の封書を取り出した。

「陛下から仕事のご依頼だ」

差し出された封書にテディが軽く首を横に振る。見る必要もないと暗に示す彼から視線を外して、クリストファーは封筒ごと手紙をマッチの火で燃やす。手に持ったまま灰になる直前でそれをごみ箱に投げ捨てた。

「内容はどのようなものでしょう」

「省の事務次官をどうにかしろとさ。陛下への不平不満を、常日頃同僚にこぼしているそうだ。ついに愚痴にも制裁が必要と思ったらしい」

そう言ってクリストファーが低く笑う。

「万人からよく思われようなんて、陛下も貪欲な方だ」

悪女フリーデの存在により没落した公爵家。それをたった一代で立て直して宰相まで上り詰めた彼の努力も葛藤も、すべてをテディは見てきた。表では宰相の仕事を、そして裏では王の邪魔となる存在を命じられるままますべて屠ってきた彼を。そんな綱渡りを繰り返して、ようやくクリストファーは今の地位を得たのだ。

テディはやわらかな毛布にくるまれて静かに眠るソフィアを見た。このまま、彼女には何も知らずにいてほしいと思う。祖国にいた時から、ただ奴隷として消費されるだけだった人生に彩りと生きる意味を与えてくれたのは、まぎれもなくこの姉弟だ。

「今回は私一人でも」

胸に片手を当てて進言すれば、クリストファーは困ったように眉を下げた。

「今更そんなつれないことを言うなよ。どうせ地獄まで一緒なんだから」

＊　＊　＊

耳元で荒い呼吸が聞こえる。なま温かい舌が頬を這う感覚にソフィアの意識が浮上した。

「……ん、う？」

身体がぞわぞわする。孤児院で飼っている犬のダグラスだろうか。よくこうしていたずらをする子なのだが、くすぐったくて思わず笑ってしまった。

「……ダグラス、だめ」

「ダグラスって誰」

冷ややかな声にはっと意識が覚醒した。ソファでうたたねをしていたはずなのに、いつの間にかベッドに移動している。そして目の前には麗しい青年公爵の姿。

「ただいま姉さん」

「お、か……っ」

クリストファーが上から大きな犬のようにのしかかって、すでに手がソフィアの素肌を這っている。窓から見える外はもう夕暮れになっていた。

「で、ダグラスは誰？　孤児院の仲間？」

口は笑っているのに目は猛禽類のように鋭い。

「い、犬よ。孤児院で世話していた大型犬」

「そいつにも舐めさせてたの？」

「……舐めたの？」

人が寝ている間に。非難の目を向ければ、肩をすくめたクリストファーが起き上がった。舐められたらしい濡れた頰を押さえていると、すぐに彼の膝に乗せられた。どうも椅子に座るよりここにいる時間のほうが長いように思う。

「クリス、どこに行っていたの？」

「所用をいくつか」

「私もそろそろ……」

　昨日の失敗を思い出して口ごもる。そもそもここにいるのは案内のお礼に食事を、という話だったはずだ。

「それなんだけど、もう正式に引き取ったよ」

「……、……はい？」

「本当は公爵家の養子にしたかったんだけど、後で不都合があるから知り合いのところで」

「いつの間に！　待って、院長先生は本当に……」

「公爵家にたまたま来ていた夫婦が気に入ったからって説明して、俺の推薦もつけたら喜んでサインしてくれた」

「院長先生……！」

　ぴらりと身元引き渡しの書類を見せられて愕然とする。

　ソフィアの引き取り先にはローレンス子爵家の名前があった。確か……純朴な一族で、当主には子どもがいなかった。今は夫婦ともそれなりの年になっているはずだ。

「もちろん孤児院への寄付は続けるよ。それどころか姉さんを育ててくれたところだからね。いっそ建物もいちから建て直そうか」

「クリス」

　書類を膝に置いて背を伸ばし、ソフィアはクリストファーを睨んだ。

「どういうつもり？」

「なにが」

「私の意見も聞かずに勝手なことをして」

「じゃあ姉さんは俺の意見を聞いてくれたの？　そもそも王太子妃になることは何度も反対したよ？　身の回りで不穏なことが起こってからは、何度も家に戻るように言った。でも全然聞いてくれなかった」

「それは、……それが一番いいと思って。あなたは子どもだったし」

「じゃあ今は立場が逆転したね。大人の言うことはちゃんと聞かないと」

よしよしと頭を撫でられる。

ああいえばこう言う。いや理論が整然としているのは前からだ。そして論破できないソフィアは、黙って彼を無視するしかない。

そっと頤に手がかけられてわずかに上を向く。昨日の淫らな時間を思い出してぎくりとしたソフィアにクリストファーがささやいた。

「今日は何もしないから……キス、していい？」

「──本当？」

「うん。キスだけ」

指先が意味ありげに唇に触れる。

「……」

「ね」

流されているのを自覚しつつ、身体に触れられるよりはと自分に言い聞かせて小さくうなずくと、へらりと笑った彼に頬にキスされた。甘い感触に固まっていると瞼の上に、こめかみに髪に、リップ音をさせてクリストファーの唇が触れる。

ソフィアは思わず閉じていた目を開けた。目の前には見惚(みと)れるほど綺麗なクリストファーがいる。頬に両手をかけてキスを繰り返す彼の腕に手を乗せて、ぎゅっと身体を強張らせていたのだが……ひとつひとつ口づけが落ちるたびに力が抜けていくのを感じた。

「……は……」

「姉さん」

呼びかけに目を開けると、すぐそばにクリストファーの顔があった。唇が触れるか触れないかの位置だ。

「最後は、姉さんから」

目を閉じた彼は、吐息を感じられるような距離にいる。いつの間にか首の後ろには手が回っていて顔を背けようとするソフィアを優しく拒む。

クリストファーとは姉弟で、散々迷惑をかけて、けれどもう他人で……そんないろいろな考えが回る。姉としてたしなめないといけないのに、同時にほの暗い気持ちがどこかにあった。ソフィアは肩にそっと手を置き、顔を傾けて唇を触れ合わせた。やわらかくて薄い唇は冷たくてどこか甘く、痺れるような感覚が身体に走る。

「もう、いい？」

ゆっくりと顔を離すと、目をつむっているクリストファーは頬を赤くしてふるふる震えていた。

「──いいわけない！」

「きゃっ」

がばっとソフィアの身体を抱きしめてクリストファーが口づける。唇を食むようにして捏ねたかと思うと、舌が中に割って入ろうとする。とっさに口を閉じて侵入を防いだ。

「姉さん、口開けて」

「……っ」

首を振ると息を吐いたクリストファーに鼻をつままれた。途端に息ができなくなって、憎たらしいほど大きくなった肩をぽこぽこ叩くが、相手が気にするようすはない。ついに耐え切れなくなって口を開けると途端に舌が滑り込んだ。

「っんん、う」

「は、……」

生き物のような舌が口内を舐め回す。緊張したソフィアをなだめるように背中を撫でながら、呼吸すら奪うほどの苛烈さで舌がうごめいた。

「っ……ふぅ、う」

喉の奥まで入り込もうとしたかと思うと丁寧に口蓋を撫でて歯列をなぞる。二人分の唾液が合わさって水音がした。その間にもソフィアの舌を愛撫するように這っては絡まる、食べられそうなほど情熱的なキスだけで背中がぞくぞくして身体が支えられない。

「ん！」

キスに気を取られている間にクリストファーの手がソフィアの胸を揉んだ。

「キス、だけって……んむぅ」

非難の声も口の中に消える。性感帯を刺激されてすぐに快楽がのぼってきた。たっぷりと舌を絡ませてようやく口が離れる。飲み込めなかった唾液がソフィアの口端からこぼれて垂れるのを、愛おしそうにクリストファーが舐めとった。

「は、ぅ」

「……姉さんは一度孤児院から引き取られているんだよね」

「う、うん」

頬にキスをしながらクリストファーが聞いた。

十歳ごろ商家に一度引き取られたのだが、男性が多く働くその環境に耐えられず孤児院に帰されたのだ。

「もっと早くに会っていたら、姉さんを育てられたのか」

はぁ、とため息をつく姿に、彼ならやりかねないとぞっとして熱のこもっていた身体が一気に冷めた。

「きょ、今日は本当になにもしないのよね」

スカートの裾を押さえて言うとクリストファーがうなずいた。

「やだな、人を発情しっぱなしの獣みたいに」

「……」

「さ、行こうか。テディが美味しい夕食をつくってくれてる」

うながされて寝室を出た。

ホテルではお願いすれば料理は運んでもらえるはずなのだが、食材の調達を含めて三食すべてテディがつくってくれているようだ。彼の腕前は見事なもので、王宮の料理人にも引けを取らない。フルコースで出てくる上に、デザートはラムの効いた干しブドウ入りのアイスクリームだ。

口に入れると濃いラム酒の味が舌を撫でて、さらりと溶けた。

「テディの料理、美味しいわ」

「ソフィア様にそう言っていただけると嬉しいです」

にこにこ笑いながらテディが答える。

腕にナプキンをかけた彼は卒なくクリストファーの給仕をしたりと甲斐甲斐(かいがい)しい。前世でも仲が良かったが主従として成熟しているように思う。その視線に気づいたのかクリストファーがこちらを見た。

「姉さん、デザートのおかわりは？」

「もうお腹いっぱい。こんなに食べていたらすぐに太ってしまうわね」

「俺と運動するから大丈夫だよ」

「……」

行儀は悪いがスプーンを口に含んだままクリストファーを睨む。

「ああ、怒っている姉さんも可愛いね」

頰を紅潮させている。あまり効果がないので視線を逸らしてアイスクリームを堪能した。

朝から食べてばかりなのを申し訳なく思いつつ、その日ソフィアはクリストファーに抱き寄せられて穏やかな眠りについた。

深夜、そっとベッドを抜け出したクリストファーが、テディとホテルの部屋から出て行ったことも知らないまま。

第三章　運命との再会

ホテルの窓から見える王都の景色はどこも整然としている。ここは貴族や外国の要人がよく利用しているホテルのようで、毎日数えきれないほどの馬車が止まって、客を降ろしては乗せ、荷物を積んで降ろしている。

スイートルームと呼ばれる部屋にふさわしい大きなバルコニーは、下を覗き込まないかぎり人目につかないつくりになっていた。

ここに来て数日が経った。その間、クリストファーはほとんど外出していない。

（仕事は大丈夫なのかしら……）

そう思うのは、違う角度にある窓から見えるホテルの入り口に、一日に何度も要人らしき人たちが来ているのに気づいたためだ。しかも追い出すホテルマンと一緒にたまにテディの姿も見える。穏やかに客に応対するテディは窓からのぞくソフィアのほうを決して見ないが、視線は気づいているのか背中から圧を感じる。そういうときはそっと後ろに下がった。

部屋のドアに何度かこっそり手をかけたが、内鍵の他にも鍵があるのかどうやっても開かない。生活に必要なものはなんでも揃っているし、食事に不自由もないのだけれど。

　寝室から出るときはクリストファーに抱き上げられて床に足をつける隙がないくらい。食後にお茶をいただいたあとはすぐに眠くなってうとうとしてしまう。

　ここ数日のことを思い出して、長椅子に座るソフィアは息を吐いた。そして自分の膝にいそいそと頭をあずけて寝ころんでいるクリストファーを見た。

「クリス、そろそろ出仕しないといけないのではないの？」

「俺は風邪をひいているから」

「嘘をつかない」

　ぺち、とその額を手で軽く叩く。四六時中一緒にいるせいか、夜には抱きしめられて眠っているためか、彼に触れられるのには不本意ながら少しずつ慣れてきた。

　スキンシップはキスやハグだけでなく肌に触れたりもするが、初日の夜のように性急に抱こうとはしない。

　そのことに拍子抜けしつつクリストファーの髪を撫でた。

（本当に、あの時の兵士を殺したのかしら）

　一緒の時間を過ごすうちにそんな疑問を感じる。普段見る彼は穏やかで理知的で、そんなことをするようには思えない。テディもそうだ。にこにこ笑って控える姿は理想の従者そのもの。あの時の言葉は、ソフィアについた嘘ではないかという気さえする。

（確かめる方法は……）

自分を凌辱した彼らを許すことはおそらくできないけれど、『ソフィア』の人生で復讐しようと考えたことはなかった。フリーデのときも、そんなことを考える余裕もなかった。けれど後で話を知ったクリストファーとテディはどうだったのだろう。

(もしも本当に二人が人を殺めているのなら、——罪はすべて私のせい)

「姉さん」

「え」

ふいに頭を引き寄せられて身を屈める。とん、と唇が触れてクリストファーはいたずらっこのように笑った。

「何か難しいことを考えているときの顔してる」

「……クリスが仕事をしないから呆れているの」

「せっかく再会できたのに、一人で残しておけるわけないでしょ」

そんなやりとりをしていてふと思い出した。まだクリストファーが少年だった頃、彼がいたずらや勉強をさぼったりするときにフリーデがよく言っていた言葉を。

「私は、ちゃんと仕事をするクリスが好きだな」

「——っ」

顔をバッとあげた彼が身体を起こした。

「好き？」

「う、うん」

「もう一回言って」

「し、仕事をするクリスが……好き、よ」

あまりのいきおいにむしろ驚く。そういえば昔も「好き」と言うのを強要されていたような。

（もしかして中身はあまり変わらないのかしら）

翌日、ようやくクリストファーは出仕する気になったらしい。

テディに手伝ってもらって支度をする姿を見る。長身を儀礼服で包み、金の髪を後ろに撫でつけた彼はソフィアの腰を支えて頬にキスを落とした。

「行ってくる」

「ええ」

自分勝手な理由で久々に出勤のはずが、気負いはどこにも感じられない。エレベーターホールまで見送って、ソフィアは当たり前のように自分の後ろに控えているテディを見た。

「テディはついて行かなくていいの？」

「私は、ソフィア様のお世話をさせていただきます」

「子どもではないのだから大丈夫よ」

これでも孤児院ではしっかり者で通っていたのだ。むしろクリストファーのほうが一人では大変だと思うのだが。

しかし、てこでもそばを動かないテディを見て説得は無理そうだと心の中で息を吐いた。

(さて、クリストファーも出仕してくれたし、次は……私も王宮へ行く方法を考えないと)

本当のことを言えばあそこには辛い思い出も多い。

けれどここでただ二人に守られているだけでは、そのうちに取り返しのつかないことになる気がした。クリストファーのスキンシップ過多は困るが、二人との再会を本当に嬉しいと思っているから、尚更真実を確かめる責任がソフィアにはある。

ホテルから出られないソフィアのためにクリストファーは本を用意してくれた。それを読み、これからの作戦を考えながら大人しく時を過ごす。

「ソフィア様、午後のティータイムに食べたいものはありますか」

テディに言われて少し考えて、ソフィアは立ち上がった。

「手伝うわ」

「そんな、もったいない」

恐縮しきりのテディは冷静ないつもの彼ではなく浮き足立っている。

「いつも任せてばかりだもの。邪魔ならやめておくけれど」

「いえ、……では」

ふいと視線を外される。そして彼は優しくソフィアに微笑んだ。

「ソフィア様のクッキーをまた食べたいです。作り方を教えてくださいますか」

「任せて!」

腕まくりしたところでテディがエプロンを持って来てくれた。使い込まれたのがわかるやわらかな手触りだ。手入れがいいのか生地はまだしっかりしている。

「ソフィア様のものはないので、私のを。あ、ちゃんと洗濯しています」

きっとテディなら染みひとつつけずに料理をつくるだろうなと想像ができた。ありがたくつけさせてもらうと足元に裾がくるほど大きくて、腰回りの生地を折り、紐でぐるぐると巻いて固定した。

「二人とも大きくなりすぎじゃない？　昔は私より背が低かったのに」

「これでも男ですから」

ソフィアの髪をリボンで括ってくれたテディが言う。目を細める彼の表情に一瞬ドキッとする。

（うーん、クリスの時も思ったけどもともと整った顔立ちに色気が入るとすごいのね）

「ではよろしくお願いいたします」

テディが腕まくりをする。浅黒い肌の腕は筋肉がついて引き締まっていた。

パントリーにはなんでも材料が揃っていて、ソフィアの言うものをテディが素早く用意してくれる。せっかくなのでいつもと違う味も挑戦しようと、ココアや紅茶、マーマレードなどの材料で、ああでもないこうでもないと言い合いながらクッキー生地を作った。

二人とも粉だらけになって出来上がったものをオーブンに入れる。

「後は待つだけね」

「はい」

オーブンをのぞくとクッキー生地は赤い炎の中で静かに鎮座している。

孤児院のものとは火力が違うので焦げないか小さな覗き窓をのぞいていると、テディと額が触れ合うほど近くで目が合った。

ソフィアには言いづらい色んな体験をして来ただろうテディの目はいつも奥底が知れない。じっと見つめ合ってどれくらい経ったのか、かちゃりという音で弾かれたようにテディが立ち上がる。

「ただいま、……いい匂いがする」

「おかえりなさいませ、クリス様」

「ああ。珍しいな。テディが玄関の気配に気づかないのは」

「……いえ、その」

クリストファーはオーブンの近くに立っているソフィアを見た。台の上にはきちんと整頓されたクッキーの材料が並んでいる。

「お菓子づくり?」

「はい。あ」

テディが慌てたようにソフィアの前に立った。「おかえりクリス」とソフィアが言うと彼はテディの後ろに回り込んだ。

「……そのエプロン、テディのか」

「い、いえこれは、ソフィア様のエプロンがなかったので」

「使いこまれていて動きやすいの」

「へぇえ」

「洗濯はしています！」

エプロンについて姉弟でわいわい話していると珍しくテディが声を荒げた。

「え、うん、まぁ洗濯しなくともテディのなら綺麗だと思うけど……」

そこでクリストファーが動きを止めた。

「え、……」

「クリス様、違います」

顔を真っ赤にしているテディの前で、クリストファーが盛大に顔をしかめて額に手を置いた。彼はそのまましばらく無言でいた。

「……、……テディなら、うん……いや、でも」

「クリス様！」

（昔に戻ったみたい）

仲良しな二人のようすをソフィアはにこにこ見つめていた。

そんな昔を懐かしむ時間が数日続く間も、ソフィアはクリストファーと話すタイミングをうかがっていた。そして帰宅後、休んでいた間の仕事の処理が終わり、少し手が空きそうだと話すクリストファーに考えていたことを告げた。

「あのね、私も王宮に行きたいのだけど」

「王宮に？　どうして？　ここでのんびりすればいいんだよ」

そう言ったクリストファーはそっとソフィアに顔を近づけた。

「もしかして、何か企んでる？」

ひそりと耳元で問われてなんとか動揺を顔に出さないようにしながら、クリストファーの服を引く。

「ううん……この数日で思ったの。仕事には行ってほしいけど、クリスと離れたくないなって」

考えていた言い訳をつかうと、途端にクリストファーはぎしっと身体を硬直させた。

「そ、そう、でもあの場所で嫌な思いとか」

声に明らかな動揺が混ざる。効果があったことに手ごたえを感じつつもう一押し。

「クリスがいるから平気よ」

「姉さん……っ」

ガバッと抱きしめられた。痛いくらいの抱擁を受けつつ心の中で可愛いクリストファーに謝罪する。そこでお茶のセットを持ってテディが近づいてきた。

「クリス様、よろしいのですか」

ここで冷静になられては困る。ソフィアはクリストファーに抱きつかれたままテディを振り返った。

「何かあってもテディが守ってくれるでしょう？」

「もちろんです」

彼は堂々とうなずいた。

早速二人で相談を始める横で紅茶をいただきながらほっと息を吐く。公爵家時代にも言うことを聞かない二人に同じような手を使った気がするがこれも目的のためだ。良心が痛むのを抑えつつ彼らを見守る。

そのうちに耐え切れないほどの眠気が襲ってきた。口に手をあててあくびを我慢しているとクリストファーが近づいた。

「疲れちゃった？」

「……子どもじゃないわ」

言いながら下がってくる瞼を擦る。頭がふらふらして姿勢を保っていられないソフィアをクリストファーが抱き上げた。大きな肩に顔をつけてもたれかかるので精いっぱいだ。

寝室のドアを開けたテディが音を立てずに閉めるのが少し見えた。ソフィアの身体をそっとベッドに横たえたクリストファーが頬に口づけた。

「おやすみ、姉さん」

そんな静かな声が聞こえるかどうかのところで、意識がなくなった。

翌日、王宮に行くのかと思ったクリストファーはソフィアを連れて買い物に出かけた。

テディが御する馬車は相変わらず快適だ。ソフィアはフリルがたくさんつけられた、少々重いドレスを着た自分を膝に乗せているクリストファーを見た。

「どこに行くの？」

彼らが相談している途中で眠ってしまって詳細はわからない。けれど王宮に向かう道ではないことだけはわかる。聞けば上機嫌な彼はソフィアの髪を指に巻いた。

「必要なものを買いに行くんだよ、服とかいろいろ」

「……もう十分だけど」

着ているドレスを見下ろす。こんなことをしている場合ではないと思うが、途中でへそを曲げられると厄介だ。そんなクリストファーのペースに巻き込まれていると自覚しつつ、頭を撫でる手に息を吐いた。

（なんか、身体が変）

最近、クリストファーに触れられると妙に身体がぞわぞわした。嫌悪ではなく何か別の感覚に襲われてソフィアはふるりと身震いした。

着いたのは宝飾品を扱うお店だ。店名とマークから公爵家御用達の店だと認識する。

「いらっしゃいませ、グランディル公爵様」

店主である壮年の男性が奥から慌てて現れた。

「今日は何をお探しでしょうか」

「婚約指輪を」

「——クリス」

「と言いたいところだけれど、今日はペアリングくらいにしておこうか。王宮で姉さんに変な虫がつかないために必要でしょう」

「外では姉は禁止！」

慌てて小声でたしなめた。どう見ても一回り以上年上のクリストファーがソフィアを姉呼びしていると何事かと思われる。口をふさぐと彼は肩をすくめた。

「わかったよ。ソフィア」

心得ている店主はそんなやりとりを前にしても穏やかな表情を変えず、何事もなかったかのようににこやかに席に案内してくれた。女性の店員がソフィアの指のサイズをはかる。

「こちらではいかがでしょうか」

しばらくして銀のトレイに載せられてきたのは五種類ほどのペアリングだ。シンプルで装飾のないものから宝石がきらびやかについているものまである。

「さて、ソフィアに似合うのはどれかな」

「あの、もしかしてなのだけど……クリスは私と結婚をする気なの？」

なんとなく感じていた予感を問えば、彼はぴたりと動きを止めた。きょとんと——憎らしいほど可愛い顔でこちらを見る。

「もちろん。結婚しよう」

「お断りします」

わざとぴしゃりと言えば、クリストファーはずいっと顔を近づけた。

「顔が良いし金も地位もあるし健康な身体の上に、ソフィアを世界一愛している。こんなにいい物件ないよ？」

「……だからこそ」

「ソフィア」

聞き分けのない子に話すようにクリストファーがため息をつく。

「俺が他の女と結婚してもいいの？」

「それでクリスが幸せになるなら」

「君といるときが一番幸せだよ。さて、指輪はどれにしようかな」

本気でソフィアが拒絶しきれていないのを見抜いたうえでの、マイペースな弟の言葉にそっと一番シンプルなものを指す。するとそれを取ってソフィアの手を握ったクリストファーが薬指にはめた。

その光景に、ふいに昔、彼が庭でこんなふうに他愛なく花でつくった指輪をつけてくれたことを思い出す。

「――うーん、やっぱりもう少し華やかなのが」

思い出に浸っている間に、クリストファーが外して違うものをつける。三つの種類違いの宝石がはめこまれた金環をつけたソフィアの手を見て、彼は満足そうにうなずいた。

「ではこれを」

「畏まりました」

「あ……っ」

断るタイミングを逃した。

「俺にもはめてくれる？　前みたいに」

そして、きっと同じようにその時のことを思い出していただろうクリストファーに嬉しそうに手を差し出された。

「……」

観念してペアリングのもう一つを彼の指にはめると、そのまま手を握りしめられた。

彼の大きな手にすっぽりと収まってしまったソフィアの指先に彼が口づける。こちらが恥ずかしくなるほどの動作だ。可愛い弟はいつの間にこんなキザな技を身に付けたのだろう。

「公爵様、これからどちらへお買い物に？」

「仕立て屋に行こうかと。ソフィアに似合う服をたくさん買わないといけないから」

「ああそれはいいですね」

クリストファーが店主と話をしている間にテディが馬車を取りに出る。ソフィアは自分の指にはまる、不相応な金環を見て顔をあげた。

店のガラス越しに見える大通りは人でにぎわっていた。

王都の中心部はソフィアの前世の記憶とは様変わりしている。もちろん下町の子どもがうろつく場所ではないので、こちらには足を踏み入れていなかった。

ウィンドウ越しに並ぶのは目新しい服やドレス、帽子に靴だ。買い物に来ている夫人や令嬢が楽しそうにそれを眺め、紳士と淑女が連れ立って歩いていく。

通りの向こうに、知った顔を見つけたのはその時だった。

「……殿下」

ソフィアの口から声にならない吐息がこぼれる。

いや今は違う。そこにいたのは、現国王であるゲルトだった。

お忍びなのだろう、どこにでもいそうな服装をしているが間違いない。何を考える間もなく、ソフィアは店を出た。

すでに人波にまぎれているが見当をつけてその姿を追う。けれどあちこちに視線を向けても彼を見つけることができない。人の行き交う街角で、ソフィアは立ち止まった。

（私、何をしているんだろう）

何も考えずに飛び出してきてしまった。帰ろうと踵（きびす）を返して手をついたレンガの壁に、王都で一番古い劇場で催されるオペラの案内があることに気づく。

タイトルは『悪女フリーデ』。若き日の王と王妃を貶（おとし）めんとした稀代（きたい）の悪女の物語だと記されている。

「お嬢さん」

それを見ていると後ろから声をかけられた。振り返ると、見知らぬ男性が二人立ってい
て……服の上からでもわかる屈強な身体つきの彼らを前に、ソフィアは固まった。

「どこかのご令嬢でしょう。お付きの人は？」

一人が周りを見ながら聞く。声が出ないまま、ソフィアは震えながら首を振った。クリ
ストファーやテディと過ごしてきて少しは男性に慣れたと思ったけれど、やはりそううま
くはいかないようだ。

（落ち着いて、もう牢屋ではないのだから）

「名前は？　ここは治安がいいとはいえ、お嬢さんが一人で歩くのは危ないよ」

「だ、大丈夫です」

後ろに下がるとさりげなく退路をふさがれた。

「実は君の姿を見かけて、心配されている方がいるんだ。よかったら家まで送ると」

「結構です、あの私」

「無理強いはしないようにと言っただろう」

そこで穏やかな声がした。

いつの間にか道に馬車が横づけされている。どこにでもありそうな簡易な馬車のカーテ
ンが少し開いて、四十手前の男性が顔をのぞかせた。その瞬間、ソフィアを取り囲んでい
た男性たちが姿勢を正した。

「君が警戒するのはもちろんだ、だが見過ごせなくてね」

それは姿を見て追いかけたゲルトその人だった。

目が合って呆然（ぼうぜん）としているソフィアを見て、彼は安心させるように微笑む。優しい表情は十六年の歳月を経ても変わらない。初めてダンスを踊ったこと、彼から妃となってほしいと言われたこと、王宮で過ごした時間が一気に胸によみがえって——涙があふれだした。

「どうした」

嗚咽（おえつ）するソフィアを見て慌てた表情のゲルトが馬車を降りた。

「いえ、なんでも……ありませ、ん」

（ああ、私……）

彼を見て思い出すのが、辛い最期ではなくそんな優しく甘い時間だなんて、なんて滑稽なのだろう。フリーデは確かに彼を愛していたのだ。止められない涙をゲルトがやわらかいハンカチでぬぐう。

「かわいい顔が台無しだ」

「殿下、私、……私です、……」

もう戻らない日々が頭の中を駆け巡る。

だが、フリーデです、と言おうとしたところで肩に手が置かれた。

「陛下」

後ろから冷えた声がして、ソフィアの心臓が怯（おび）えたように跳ねる。ゲルトはそちらを見て目を見開いた。

「クリストファー？」

（あ、……）

振り仰げば真後ろにいるクリストファーと視線が合って、一瞬だけその目が冷たく光った気がした。だが彼はすぐににこりと笑うと、ソフィアを自分のほうに引き寄せた。

「ソフィア、ダメじゃないか、勝手に店を出ては。心臓が止まるかと思ったよ」

「ご、めんなさい……」

肩にかかる手に力がこもる。痛いほどのそれにソフィアが怯えたのを感じたのか、クリストファーがそっと己の胴に抱きつかせた。半ば彼の背中に隠れるような形になったソフィアを見て、ゲルトは首を傾げた。

「知り合いか」

「ええ。事情があって今、一緒に暮らしています」

「おや、親戚の子かね」

ソフィアを見る顔は年少者へ向けるそれだ。クリストファーやテディのように、フリーデだと気づくそぶりはない。考えてみれば当たり前だ。わかった二人のほうがおかしい。

（そうよね）

視線を下げたところでクリストファーが口を開いた。

「あなたもご存じの人ですよ」

「クリス、様！」

「……見たことはないが」

「っ」

少し考えるようすで答えたゲルトの言葉に反応してしまうのは止められなかった。肩に置いた手でそれがわかったのだろう、クリストファーの摑む手の力が強くなる。

「陛下、申し訳ありません。勝手に店を抜け出して皆が心配しているので戻ります」

「私もそろそろ帰るよ。それにしても泣く子も黙る宰相殿が、よほどかわいがっているようだ」

「はい。……夜ごとに」

大きな手が意味ありげに背中を這う。ただ触れられているだけなのにぞくぞくとした感覚が身体を貫いてソフィアは息を乱した。

「クリス様、ふ、ふざけるのは……」

「うん、そうだね。『今』はやめておこうか」

耳元でささやいて、手が身体から離れた。クリストファーは何事もなかったように、護衛騎士と話をしてゲルトが王宮に戻る手筈を確認する。それを眺めていたゲルトがソフィアに言った。

「令嬢の一人歩きは危険だと思って声をかけたが正解だったようだ」

「……お心遣い、感謝いたします」

儀礼的にわずかに微笑んで膝を曲げたソフィアに笑い返し、彼は馬車に乗った。

それが王宮に向けて走り出すのを見送る。見えなくなったところで、ちらりと隣のクリストファーをうかがったソフィアは眉をひそめた。

馬車が去った方角を見るクリストファーの表情は厳しく冷ややかだ。一瞬遅れて、彼はソフィアの視線に気づいて振り返った。

「何？」

「ううん、クリスは陛下ともこんなに信頼関係を築いているのかと思って」

「信頼」

思わず呟いたソフィアの声にクリストファーが鼻で笑って繰り返す。

（え）

クリストファーが王宮のほうを見やる。その動作で彼の金の髪がさらりと揺れた。

「あの男は、俺がソフィアと出かけたのを知って見に来たんだよ」

「まさか」

ソフィアが追わなければ遭遇することもなかったかもしれない。そもそも王太子のときから彼は王都の視察に出るのも好きだった。

ソフィアの言葉に何も言わず、クリストファーは近くにいた新聞売りの少年に声をかけて新聞を買い、そこにメモを書いてお金とともに差し出した。

「この先にある宝飾品店にいる異国風の男に渡してくれるか。できるなら、そこでもう半額を払う」

「わかった！」

　手の中にある金貨に慌てふためいた少年が走っていく。

「テディが半狂乱で待っているだろうからね」

　いつも穏やかな彼が取り乱すところなど想像ができない。それこそ訓練で数人を相手にしているときも余裕な子だった。新聞売りの少年の背中を見ていたソフィアの腕をクリストファーが摑(つか)んだ。

「どうして俺から離れたの」

　クリストファーが顔を近づけた。爛々(らんらん)と光る眼は彼が怒っていることを伝えてくる。その目を見ていると、陛下の姿を見たら身体が勝手に……となぜか言えなくなった。

「姉さん？」

「こ、……孤児院に、行きたくて」

「孤児院に？　どうして」

「……荷物を……処分しないと」

　苦しい言い訳をする。

「そっか」

　朗らかに言ってクリストファーが身体を起こした。

　針で刺すような威圧がなくなってほっとしたところで、テディが操る馬車がやってきた。ソフィアとクリストファーの姿に、目に見えて安堵した顔になった彼が馬車を止めて扉を開ける。

「帰るよ」

「……え、でも」

とっさに離れようと手を引くが力が強い。

「クリス、もう少し散歩を」

「駄目」

「きゃっ」

ぐいと背中を支えられて馬車に乗せられる。すぐに乗り込んだクリストファーの後ろで扉が閉まった。

こん、とクリストファーが御者台側の壁を叩いた。

「テディ、悪いけれど後でお使いを頼めるかい」

「はい、何なりと」

壁越しに馬車の動く音に交じってテディが応えた。クリストファーは馬車の中で小さくなるソフィアを見て、口を開いた。

「姉さんのいた孤児院を、燃やしてきて」

「……何を言っているの！」

「そうしたら荷物を処分する手間も省けるでしょ」

そう言って笑うクリストファーは知らない人のように見えた。

「畏まりました」

「待って！」

冷静なテディの返事に、クリストファーにすがる。

「やめて、……お願い」

「勝手に俺のそばを離れる悪い子にはお仕置きしないと」

クリストファーの手がソフィアの顎を掴んだ。

震える声で哀願するソフィアに微笑みかけるクリストファーの顔は、どこまでも美しかった。まるで無慈悲な天使のようだ。

「……も、もう二度と勝手に逃げ出したりしないから……なんでも、するから……っおねがい、やめて」

「なんでも？」

「……ん」

涙がこぼれる頬を舐めてクリストファーが問いかけた。

「じゃあ、今日、姉さんを抱いていい？」

びくりと震えるソフィアのお腹に彼は大きな手を置いた。

「ここに、俺を受け入れてくれる？」

彼は初めから全部わかっていたのではないだろうか。その上で逃げ場がない袋小路にソフィアを追い詰めた。

「姉さん」

牢屋で、初めて男性を受け入れた痛みがよみがえって喉がカラカラになった。強い力でねじ伏せられて、恐ろしさと羞恥しかないあの行為をまたするのか。

「い、……いや」

震えるソフィアの身体をクリストファーが抱きしめる。

「じゃあやっぱり、孤児院を」

「駄目！」

この天使に見つかってしまってから、覚悟していたことだ。ソフィアは震えながらクリストファーの服を掴んだ。

「……わ、わかった、から」

ホテルに戻ってすぐ寝室に連れ込まれた。クリストファーはソフィアにキスをしながら器用に服をゆるめていく。

「姉さんの初めてを、俺が」

「……ん……っぅ」

向かいあうように座るクリストファーの手が裾から入ってソフィアの胸を直にすくう。

ふにふにとまさぐられるだけで逃げ腰になるソフィアをなだめるように、口に入った舌が縮こまるソフィアのそれを捕まえ、優しく息を奪う口づけが繰り返されて身体の熱が上がった。

「ん、んん……ぅ」

胸の先端を指がつまんで爪が軽く立てられるたびに恐怖で身体が跳ねた。

やがて口を離したクリストファーは、ベッドにあおむけにされて固まるソフィアをなだめるように頭を撫でながら、片手で服を全部脱がせた。

「……っ」

風呂でもう何度も裸を見られている。それでも覆いかぶさるクリストファーを見て震えるソフィアの髪に彼が唇を落とした。

「大丈夫だよ、痛みもないくらい気持ちよくするから。二度と姉さんがあいつらを思い出さないくらいに」

舌や唇が優しく肌を這う。

「ふ、……う」

首筋や鎖骨を煽るように舐め、指先が触れるか触れないかの距離で肌を撫でる。

「ん、ぅ？」

すぐにでも入れられると思ったのに、もどかしく感じるほどクリストファーの動きは丁寧だ。身体をぎゅっと縮こまらせて目をつむっていたソフィアは目を開けた。

　クリストファーはソフィアの腰を摑んでお腹を舌で愛撫する。ぴくっと身体が勝手に反応して、入り口から蜜がこぼれる感触があった。

（え？　え）

　あんなに嫌がっていたのにすぐに反応している自分に戸惑う。恥ずかしくて足を閉じたいがクリストファーの身体が間に入っていて叶（かな）わない。

（気づかれませんように……）

　こんなはしたないなんて、クリストファーには知られたくなかった。

「ん、あ」

　そこで少し身体を起こした彼がソフィアの胸の先をぱくりと口に含んだ。鼻にかかった甘い声が出てとっさに口を塞ぐ。

「う、……う」

　その間にもじゅるじゅると音を立てて先端を吸われ、時折ぬめる熱い舌が乳暈（にゅううん）を這う。そのたびにまた、愛液が雄を誘うようにこぼれる感覚があった。

「クリス、っ待って、一度離れて」

「触るよ」

　胸からわずかに唇を離したクリストファーが言って、指がソフィアの中心を撫でた。途端に今までの比ではない痺（しび）れが身体に走って、また蜜があふれた。

「っふ……いや、ぁ」

恥ずかしくなるくらいもうそこは濡れていた。

——ご令嬢でも身体は正直だよなぁ。

——犯されて喜んでるんだろ、この淫乱。

聞こえる水音に交じって男たちの嘲笑する声がする。恐怖に支配された身体は、それでも痛みを少しでも和らげるためにフリーデの意志と関係なく蜜をこぼす。

「違う、違うの、……私」

「嬉しい」

そこでクリストファーが吐息をこぼした。

「姉さんが俺を感じてくれている音だ」

「——ん、っ」

指が媚肉をかき分けて中に入る。

いつかの痛みを思い出して身を縮こまらせたソフィアは、それがなんの抵抗もなく半ばまで入ったことに目を見開いた。

「……え、……っあ、あ」

さらに奥まで侵入した指が弱い入口まで戻り、何度も往復して撫でられ、背中が反った。

(嘘、なんで)

「かわいい反応だね」

「つん、ぅ」

指で内壁を擦りながら胸の先端をまた口にふくまれる。それだけでまた快さが増してソフィアは身悶えた。

「待って、クリス、……っん、ん――」

痛みは全くないどころか奥を探られてびくびくと腰が跳ねる。すぐに限界がやってきた。

「あ、っあん、あ――」

鼻にかかった甘い声。指をくわえこんだままソフィアが達したのを確認して、クリストファーが胸から口を離して指を抜いた。

「痛みは?」

ふるふると首を振る。痛みはない。けれどすでに腰が抜けていて、自分の身体ではないみたいだ。

「クリス、……からだ、へんになってて」

「変じゃないよ。もうちょっと、がんばって」

「……や、っ」

愛蜜がこぼれるほど濡れた中は、二本目の指もいともたやすく招き入れた。

胸を舌で押し潰されてじゅるじゅると見せつけるように吸われて、脳が蕩ける。そちらに気を取られれば指が奥で弱いところをこすって、ソフィアの足がシーツを蹴った。

「くり、す、……あっ」

彼が今度は愛おしげに、ぷくりと立ち上がった先端を避けて乳暈を舐めて、すでに腰が抜けているソフィアはあえいだ。

（おかしい、なんでこんな）

「ほら姉さん、ちゃんと俺を感じて。テディを孤児院に行かせるよ」

「――ん、……ふぅ」

「そう、上手だ」

抵抗が収まったのを感じたのか、口を離したクリスがソフィアの中を指でかき混ぜながら、背中を撫でる。ソフィアは彼の胸に顔を埋めて肩を大きく上下させた。

弱いところを撫でられるたびに腰が動く。痛みなど全く感じない自分の身体の変化に戸惑ううちにまた波が来た。

「クリス、また、あ、っぅ、……はっ……ぁ――……」

泣きながら達して首を振ると、目元を赤く染めたクリストファーが十分にほぐれた入り口から指を抜いてシャツを脱いだ。

上半身は男性らしい筋肉がついたクリストファーの裸体が露わになる。彼がズボンの前をくつろげると、腹につくほどにそそり立つものが飛び出した。

「っ」

それが入り口に押し当てられた。

「……っやっぱり、クリス、だめ……こんなこと」

息も絶え絶えに訴えれば濡れた金の髪を汗ではりつかせているクリストファーが、同じように汗をかくソフィアの髪を優しく耳にかける。

そして彼は唇を大きく歪ませた。

「姉さん、愛しているよ」

「あ、あ……っ」

少しずつソフィアの中に熱棒が入ってくる。痛みは、ほとんどない。けれど数人に押さえられて、ろくに準備もできないまま貫かれた痛みを心が思い出す。とっさに目の前の身体を押しのけようと両手を突き出した。

「いや、……っ嫌、ぁ」

「怖がらないで」

その手を簡単に取られて、その間にも熱が埋まっていく。

「あ、っうぁ、あ、おねが、いやぁ」

「姉さん、俺を見て」

「……」

涙で潤む視線の中で、ソフィアを蹂躙する男を見上げる。杭はもう半ば埋まっていて喘ぐソフィアにクリストファーがささやいた。

「俺だけを」

腰を掴まれて強く打ち付けられると、奥でぷつぷつとちぎれる感覚がして彼の熱が一気に入ってきた。

「ん、っ……ん」

衝撃に目の前がちかちかする。喉がひくりと震えて、ソフィアの視界が暗くなった。

——デビュタントの日、王宮の大広間でフリーデはその華やかな場に圧倒されていた。

(すごい場所)

贅（ぜい）を尽くした内装に華やかな招待客たち。特に今日は年頃になった貴族の娘たちのデビュタントが催されていて、一層見事だと隣にいる父は言う。

フリーデが彼の庶子だということは社交界で知られていたが、舞踏会が始まってすぐ、数人の青年に声をかけられた。

『一曲お相手いただけますか』

『ええ、もちろん』

誘いに応じてダンスを踊った。

フリーデの役目は公爵家の地位を高めることだ。それだけが孤児である自分を引き取ってくれた父への恩返しだと思っている。クリストファーと何度も練習したステップはどうにかもつれずに、最後まで踊れそうでほっとした。

その最中に強い視線を感じた。

パートナーに失礼にならない程度にちらりと視線を向ければ、そこにいたのは弟のクリストファーだ。女性と違って男性は社交界入りの時期は決まっていない。早熟な彼はすでにその場に馴染(なじ)んでいるように見えた。

(ダンスを失敗しないか見張っているのかしら)

心配性の可愛い弟に微笑んでダンスを続けた。

そして、その人に声をかけられたのは、舞踏会の夜も更けたころだった。

『私とも踊っていただけませんか』

そう言ってフリーデに手を差し出したのは、この国の王太子であるゲルトだ。彼の言葉に戸惑いつつ手を取って踊る。

場の視線が一斉に向けられる中、なんとか踊り終わって、フリーデは微笑んだ。

『デビュタントで殿下と踊れるなんて光栄です』

そっと手を離そうとすると強い力で摑まれた。え、と思うと彼は庭のほうに視線を向ける。

『少し話せるかい？』

『はい、……もちろん』

すぐにお付きが手配をして、会場を二人で出て薔薇(ばら)が一面に咲く庭で座って話をした。

王太子は聞いていたとおり優しく穏やかな人で、彼のたくみな話術に何度もくすくすと笑ってしまう。

王宮での失敗話も忌憚(きたん)なく話してくれた。

『これは二人きりの内緒で』

『はい』

そんな時間を過ごした後、王太子は眩しそうにフリーデを見た。

『不義の子と聞いていたが、それがあなたを一段と美しくさせるのかな』

『……』

その言葉に、フリーデはただ微笑むにとどめた。

フリーデの母は公爵家の奥方に仕える侍女だった。

公爵夫妻に可愛がられ、献身的に尽くしていた彼女はあるとき願ってはいけない恋をする。そして長い間思い悩んだ末に、尊敬する奥方の夫にただ一夜だけの愛を乞うたのだ。

一生その秘密を胸にしまっておくつもりだった母は、身ごもっているのを知って屋敷を去った。母はひとりでフリーデを産んだが、無理がたたってフリーデが物心つくかどうかのうちに儚い人となっている。

孤児院にいたフリーデを引き取ったのは公爵夫人だ。夫の不義の子と知りながら侍女であった母を親しく思っていたのも事実で、いろんな葛藤があっただろうに行方を探してくれていたのだという。母のぬくもりをほとんど知らないフリーデが繋いだ夫人の手はとても温かかった。そして、引き取られた屋敷で家族として迎え入れられた。

『また、二人きりで会いたいのだが』

『……殿下が望んでくださるなら』

それから何度も王宮に話し相手として呼ばれたあと、王太子妃への誘いがきた。

『おめでとう、姉さん』

王宮にあがる前日、クリストファーと話をした。

『ありがとうクリス。でも寂しくなるわ』

『今日は、姉さんと一緒に寝てもいい？』

『ええ』

久しぶりに一緒のベッドに入る。安易にうなずいたが彼の隣はやけに落ち着かなかった。クリストファーは小さな身体で、そんなフリーデの頭を自分の腕に抱きこんだ。

『いつでも、ここに戻ってきていいからね』

フリーデの髪に顔を埋めて、彼はかすれた声でそう言った。


護衛騎士であるテディを伴って王宮に入ってからは妃教育で忙しくなったが、なるべく公爵家にも顔を出した。

弟は、見るたびに身長を伸ばして凛とした少年に成長していく。

『王宮の生活はどう？』

『みなさんによくしてもらっているわ』

初めは公爵令嬢とはいえ庶子であるフリーデをあからさまに見下してくる女官もいた

が、毅然と対応し、会話を重ねてお互いを知り合えばすぐに打ち解けることができた。王妃にも面会を断られて何度も手紙を書いてようやく会うことが叶ってからは、週に一度は一緒にお茶を飲む仲になっている。

けれど未だに一部の使用人や貴族たちからはよく思われていないのもわかっていた。王太子を頼りにしながらも、油断せず自分の足場をしっかり固めなければいけない。

（これが王宮なのね）

ミスをしないように常に緊張していて精神がすり減っていくような日々。けれど弱音を吐いてはいられない。正式な婚姻の日取りも決まったのだから。

『いつでもやめていいんだよ』

『まぁ、姉さんを信じてないの』

特にクリストファーの前で泣き言など言うわけにはいかない。彼の未来のためだと思えば、何でもできる。

けれどいつの頃からか、政務に忙しいのを理由に王太子の顔を見ない日が続いた。

手紙を何度も送るが返事はなく、その頃から目に見えて嫌なことが多くなった。

装飾品がなくなる。ドレスが破かれる、スケジュールを伝え忘れられて行事に遅刻する。そのたびに侍女に何度も理由を聞いて話し合ったが改善せず、……王家に代々伝わるネックレスがなくなったときにはさすがに血の気がひいた。

誰に聞いても知らないという。こんな大事を隠しておけるわけがない。すぐに王太子に伝えると「君の管理が悪いせいだろう」と数時間なじられた。

後から思えば、それが破滅の始まりだったのだ。

＊＊＊

破瓜(はか)の痛みに意識が遠ざかっていたらしい。身体の感覚が戻ってきて、ソフィアが衝撃に身悶える間、クリストファーは動かなかった。暗い視界の中、己に覆いかぶさる弟を見上げる。

「……くり、す？」

「愛してる」

ゆさりと腰を揺らされる。蜜で十分濡れているとはいえ大きすぎるものを受け入れたばかりの隘路(あいろ)は、怯えて熱杭を制止するように絡みつく。

「っ、姉さんの、なかに俺が、はいって」

「ま、だ……ふぁあ、あっ」

「ごめ、腰が、止まらなくて」

弱いところをこすられて声がこぼれた。弱い内壁を膨らんだ先端が性急に行き来するたびに腰が蕩ける。ソフィアの手首をベッドに押さえつけたクリストファーが揺さぶって機嫌をとるように頬にキスをする。

「っふ、あ……いきた、くりす、まだ、ぁ」

抜き差しされている間にソフィアの息が上がってきた。こんな感覚は知らない。こんな、甘くてとろけそうなのは。

「ふ、ぁあ」

「ふふ、かわい」

ちかちかした光が瞬いて、もう少しで絶頂に達する手前でクリストファーが動きを止める。それを何度も繰り返される間に、自分で腰を振っていた。

「自分のいいところこする姉さん、かわいいけどだめ」

「や、……はや、く、っ」

「——このまま達したら俺もいっちゃう。まだ、堪能させて」

「う……」

その間にも少しずつ屹立（きつりつ）が潜り込む。中の弱いところを膨らんだ先端がこするたびに痺れるような感覚が脳髄を焼く。そしてようやくクリストファーを根元まで受け入れた。

「は……ん、っ」

「ん、嬉しい、俺を全部受け入れてくれて」

唇を重ねる。蛇のような舌の動きに翻弄されるまま唾液を混ぜ合わせた。大きすぎるものを受け入れている蜜口から粘度のある液体がこぼれてお尻を垂れていく。

「は、っ、ぁ」

髪をかきあげるようにソフィアの顔を手で撫でながら口づけを繰り返す。それすら身体が反応してしまって腰が時折、快さに跳ねた。

「……はぁ」

しばらくしてなまめかしい息を吐いた彼はソフィアの腰を捕らえた。あ、と思う間もなくクリストファーが動き出した。

「――……ん、あ、あぅっ」

半ばまで抜かれたそれを、薄い腹の奥の奥まで入り込もうとするように打ち付けられて、身悶えた。

「ん、待っ……っふ」

そのまま口づけが再開されて溺れるような息苦しさに首を振った。

「くりす、っ……あ、ふぁ、あう」

「っは、……まだもう少し」

「また、あ、う……っ、ふ、っぅあ……ん、あ、あ」

ソフィアの身体を抱きしめて逃げられないように閉じ込め、さらに揺さぶられる。のしかかられ背中に腕が回ればどうにもできずにただ恐ろしいほどの熱に翻弄された。

彼の首に腕を回して喘ぐ。すでに痛みはないが彼のものを受け入れる圧迫感は未だ慣れない。

「くりす、……くりす」

「……姉さん」

　果てが近くなれば彼の名前を呼んで泣くソフィアを、クリストファーがすがるように強く抱いた。

「っ、もう、……っ」

「……俺も、一緒に」

　余裕なく言葉を漏らせば断続的に奥が収縮する。眦（まなじり）からこぼれる涙を舐めとりながらクリスが奥をかき混ぜて――。

「っふあ、あ、――あ」

「ぐ、っぅ」

　二人一緒に果てれば奥に飛沫（しぶき）が広がってじわりと熱くなり、汗と熱でしめった皮膚同士を触れ合わせて荒い息を吐いた。

「……ダメだ、おさまらない。もう一回いい？」

「え……待っ、ひぁ、……っん」

　耳元でささやいた彼が舌で形をたどりながら腰の動きを再開させた。

「ふ、うう、うぁあ」

　達したばかりの身体をまた貪られて思考が溶けていく。心地よさにだめだと思っても口が勝手に言葉をつむいだ。

「クリス、きす、して」

「もちろん」

「っん、う……」

すぐに応じるように唇が触れ合う。

「ああ姉さん、嬉しい」

「っ、あ、あぁ、あ……」

再び動き出した熱杭の先端で内壁の弱いところを抉られて背中が反った。じゅぶじゅぶと淫猥な音を立てて抜き差しされるたびに足が跳ねる。敏感な蕾をクリストファーが指で撫でた。

「あう、っそこ、は……あ、ああ」

「ん、いいよ。いって」

「あ、ん……っ――――」

縮こまって快楽が抜けるのを待つ。その間にクリストファーはソフィアの身体を抱きしめて奥の脈動を堪能した。

「俺のを搾り取ろうとしてる」

「そんな、っは、あ……待っ、ん、ん」

「姉さん」

達したばかりの隘路をまた擦りあげられて身悶えた。その抵抗すら意に介したようすもなくクリストファーが腰を進める。強い刺激に目の前が白くかすんで身体が勝手に痙攣し

た。

「あ、ん、ん――――……」

泣きながらクリストファーにすがってソフィアが達した。その最奥に切っ先を何度も押しつけて、彼が飛沫を吐き出した。

「っ、……」

ソフィアの耳を舐めながらゆっくりとすべてを注ぐように腰をグラインドする。

「は……ぁ」

息を吐いてクリストファーが屹立を抜いた。

その感覚にも反応して腰がひくついて、自分の入り口からとろりと蜜よりも濃いものがこぼれるのがわかった。

姉だと言い聞かせていたのに、結局愛欲に負けた自分を思い知る。

「……う、ぅ」

涙を舐めとって息を吐きながらクリストファーは猫のように頬をすり寄せた。

「姉さんは泣いてても綺麗だけど、泣かないで……もっといじめたくなるから」

「っ」

不穏な言葉に思わず泣き止むと、クリストファーは己の精を放ったばかりのソフィアのお腹を撫でた。

「姉さんとの子ども、楽しみだなぁ」

「こ、ども……？」

「ああもちろん、しばらくは二人で楽しもうね」

無邪気に笑うクリストファーの言葉に知らずぞっとする。クリストファーはソフィアの身体を抱き上げて、膝の上に乗せた。

交わった後の気怠い身体が触れ合って、呼吸がようやく整ってきた。

「……どうしてゲルトに会った時、泣いたの」

「クリス」

陛下に敬称もつけないことに顔をしかめる。

「あいつのことがまだ好き？」

「そんな、ことは」

ただ止めようもなくあふれてきただけだ。それを伝えると彼は眉根を寄せた。その表情と昼間のようすに嫌な予感がよぎる。

クリストファーの狂気に触れて、彼が今でもふがいない姉を慕ってくれている――行き過ぎているが――ことは、さすがに理解した。

「クリス、復讐……なんて、考えてないわよね」

傲慢だろうか。けれど彼はソフィアの手をとって自分の頰に当てさせた。そのまま、誰をも魅了する顔で微笑む。否定の言葉はない。

頰を撫で少し目を細める姿は昔と変わらないのに、彼が考えていることがわからない。

そう思っているとクリストファーがソフィアをうつ伏せにした。

「……もう一回、しようか」

「話がまだ……っあ」

散々虐められた入り口に、すでに硬さを取り戻した屹立がまたあてがわれる。上から優しく押さえつけられ雄茎が蜜洞に埋まっていく間にも、彼の手が膨らみかけたソフィアの胸をこねて先端を指でこすった。

「っん、うん」

性感帯を一気に責め立てられてソフィアは身悶えた。奥をかき混ぜるように動かされ、ぎりぎりまで抜けたと思うと再び貫かれる。硬直していた体を揺さぶられながら何度も振り仰いで口づけた。

「っ、う、ぅ」

「姉さんは、俺に愛されていればいいんだよ」

「そんな、……あ、ぁ」

すぐに絶頂が訪れる。ソフィアの指にはまったペアリングを撫でながらクリストファーは強く腰を打ち付けた。

クリストファーに触れられていないところもキスしていないところもないほど貪られて、ようやく意識を手放すように甘い責め苦が終わったのは、明け方頃のことだった。

第四章　王宮へ

寝間着から、首元をリボンでとめるフリルシャツと深い緑色のロングスカートに着替えて、王宮に向かう馬車に乗る。腰まで伸びる銀の髪はクリストファーが手ずから編みこみ、髪留めでハーフアップにまとめた。足元を見れば履いた靴の先までぴかぴかと光っている。

窓から通り過ぎる町並みを眺めていたソフィアは、壁に手をついてうなだれた。

(腰が、痛い)

ソフィアが初めてクリストファーに抱かれてから数日が経っていた。

翌朝は、ぐったりして起きられないソフィアの腰をクリストファーが一日中擦ってくれた。そして夜にまた……。

――クリス、……っ待って。

――陽が落ちるまで我慢したでしょう？

腰がまだ立たないまま、抵抗むなしくベッドに組み敷かれて快楽に溺れた。ベッドに四つん這(ば)いになってとか他にもいろいろ。

ふいに思い出してしまって、ソフィアは赤い頬を押さえた。

（うう、クリスの馬鹿）

「姉さん、着いたよ」

そんなことを考えている間に王宮についた。

正装したクリストファーはけろっとしている。それを恨めしく眺めていると、馬車から先に降りた彼がソフィアに手を差し出した。

「ダメよ。私はクリスの補佐官でしょう」

用意されたソフィアの立場は宰相の補佐だ。他にも部下はいるそうだが、補佐的な仕事はテディが行っているらしい。しかし爵位も実績もない十六歳の小娘があっさりその地位につくなどありえるのか。

「レディファーストだよ」

抱えられるようにして馬車から降ろされる。

「俺のそばを離れないでね」

ひそりとささやかれた。王宮はすでに出仕している者も多く、侍従や女官も朝の仕事に取りかかっていてにぎやかだ。

王宮は変わっていない。調度品は多少移動したり変更されているが、荘厳な柱に凝った装飾の壁、見上げるほど高い天井には宗教画。どこもかしこも煌びやかで息をのむほど美しく、積み上げた歴史の重みを静かに感じる。

前世で初めて見た時と同じ感想を抱きながら、ソフィアはクリストファーについていった。彼は書記官や使用人が道を譲るのに軽く笑みを返し、廊下を進んでいく。見慣れぬソフィアの姿に目を止める者もいた。

「おはよう、グランディル卿」

「おはようございます」

同僚だろう。途中で会った男性と朗らかに朝の挨拶を交わしていた。

「そちらのレディは？」

「私の補佐官です。優秀な子で」

紹介されて静かに微笑んで礼をとる。孤児として育って、使う機会などなかったのに、その仕草は自分でも驚くほど身に染み付いていた。男はソフィアを見てぽかんと口を開けた。

「いやこれは、……素敵なレディだ」

頭を掻きながら彼が去っていくのを見送った。よかった。『フリーデ』とは、ばれていないようだ。

「姉さん」

声をかけられて見上げると、クリストファーが眉をひそめ何とも言えない顔をしていた。

「……俺以外に笑いかけないで」

怒っている理由がわからずキョトンとした。

「挨拶をしただけよ」

「とにかく、俺とテディ以外に微笑んだらホテルに連れ戻すから」

「補佐官が無愛想だとクリスの評判にかかわるわ」

「それくらいで評判が落ちるような仕事はしてないよ」

ああ言えばこう言う。後ろでテディもうなずいているのを見て、王宮に入って五分で追い出されたらたまらないと思い直した。

「……わかったわ」

笑わないように、は意外と難しい。その後も数人と挨拶をしたが、幸い、表情を動かさず礼をとるソフィアに不機嫌になる人はいなかった。

「……どっちにしろ見惚(みと)れられているじゃないか」

「なぁに?」

「なんでも」

そんなやりとりをしながらクリストファーの執務室に着く。部屋はすっきりと片付けられていた。分厚い背表紙が並び、大量の書類がファイリングされている。そして処理待ちの決算が机の一角で山のように積まれていた。

テディは静かにドアの側に立つ。

「私は何をしたらいいの?」

「何もしなくていいよ。俺は少し出かけてくるから」

パタンと扉が閉まる。ソフィアはテディを見た。

「私はいいから、クリスについていてあげて」

王宮の恐ろしさは身に染みている。少なくとも今日は何もするつもりはない。提案すれば、仁王立ちしているテディは首を振った。

「クリス様から、ソフィア様から目を離すなと」

「信用されてないのね」

小さくため息をついて窓から外を見た。

中庭に面したそこからは王宮が見渡せる。回廊を行き交う人や騎士団、そして王族の住まう居住区に……ソフィアが前世で首を刎（は）ねられた黒い塔の姿も。

煉瓦（れんが）造りのそれは囚人の収容場所も兼ねていて、最上階では首を刎ねるための部屋が用意されていた。政治犯は年に数名、その断頭台に散っている。王太子の婚約者として過ごしてきたときには風景の一つとしか見ていなかったもの。

首を振って窓から部屋に視線を戻し、ソフィアは執務室を探検することにした。中はいくつか小部屋があって従者の控室——使われた形跡はないが——や仮眠用のベッドも置いてある。大きな暖炉にパントリーも常備されていた。

今のクリストファーは文字通り王の右腕、いやそれ以上の権力を持っている。根回しはすべて彼が担っているというから、その交友関係の広さがうかがえよう。

だからこそ、垣間見た彼の王への想いはとても危険なものだった。

（……復讐）

改めて背中が凍りつく。宰相で公爵とはいえそんなことをして無事で済むはずがない。フリーデを慕ってくれていたのは嬉しい。けれど本心を隠して振る舞っているのなら、やめさせなければならない。

どちらにせよフリーデの命はすでに失われている。亡くなったもののためにと言うのであれば、ソフィアは……フリーデはそれを望んでいない。

指にはまったペアリングを見る。

クリストファーは婚約指輪を用意すると言っていた。これだけの美貌と権力なら、結婚相手も引く手数多だろうと思うと申し訳ない気持ちになる。それはもちろん、ドアの前に立つ褐色の肌の偉丈夫にも言えることだ。

幸せになって欲しい。彼らにはその権利があるのだから。

もしかしたらソフィアがこうして生まれ変わったのは、彼らの罪を代わりに担うためだろうか。最近はそんなことすら感じていた。

（兵士の名簿資料なんてないかしら）

好奇心で覗くふりをして戸棚を開けるソフィアをテディが眺める。その彼がふと視線を扉に向けた。そしてドアノブに手を置いて開けると、すぐに両手に書類の束を持っているクリストファーが入ってくる。

タイミングの良さもコンビネーションもさすがだ。

「また書類が増えたの？」

「帰り際に押し付けられた」

そう言ったクリストファーが本棚の前にある重厚な椅子に座った。そこでソフィアを手招きする。近づくと抱き上げられて膝に座らされた。

「ぬいぐるみじゃないのだけれど」

「この方がはかどるんだよ」

すり、とソフィアの髪に頬をすり寄せた彼はそのまま仕事を始めてしまう。

カリカリと静かなペン先の音が響いた。窓からは温かな日差しが落ちてくる。時折、クリストファーはソフィアの頭や額にキスするが、ペン先のスピードは変わらない。

「……」

「くたびれてるでしょ、寝ていていいよ？」

「……それは……クリスのせいで……」

昨日も散々肌を重ねた。先に音を上げるのは決まってソフィアだ。

貪られた身体はまだ睡眠を欲していて、逞しい腕の中にいると少しずつ瞼が重くなってきた。それに気づいたのか抱えなおすように身体を支えられた。

いつの間にか眠ってしまったようだ。ソフィアは聞こえてくる人の声で目が覚めた。

今いるのは宰相室にある仮眠用のベッドの上。補佐と言いながらクリストファーの腕の中で子どものように寝てしまったことが恥ずかしく、ソフィアは頬を押さえた。

(年長者として、しっかりしないと)

カーテンの閉じられた部屋の中は暗い。そっと起き上がると、先ほど耳に入ってきた話し声の主がわかった。

「ねえ、少し散歩をするくらい、いいでしょう」

甘さを含む声に目を見開く。

執務室でクリストファーと話をしていたのは王妃だった。

よく手入れされたブルネットの髪、大きな目に口紅も鮮やかな厚い唇。白い肌。宝石が散りばめられたドレスを着た美しい人だ。処刑場でフリーデの最期を高笑いで見送った女性。

「仕事ばかりでは気が滅入ってしまうわ」

「お誘いはありがたいのですが」

「では補佐に会わせてちょうだいな。聞いているわよ、可愛らしいご令嬢なのですって？殿方の仕事なんて退屈でしょうから一緒にお茶をしたいわ」

「申し訳ありませんが……」

王妃がクリストファーの腕に手を置く。そこでソフィアは仮眠室から一歩外に出た。驚いたようにクリストファーがこちらを見た動きで、王妃も振り返った。

「あら、まぁこの子？」

持っていた扇を口元に当てた彼女がそばに寄る。

ソフィアの頭から足先までを舐めるように見て、王妃はにこっと微笑んだ。

「午後にお茶でもいかがかしら」

ヒールを履いた王妃はソフィアよりも背が高くて、高圧的な眼で見下ろしてきた。

ソフィアを見てフリーデだと気づくようすはない。値踏みしているのを隠さない視線を受けて、震えそうになる身体をなんとか鼓舞する。

（私が死んだ後の王宮の情報が欲しい……！）

ソフィアはにこりと微笑んだ。

「光栄です、是非」

「嬉しいわ。では、また後で」

王妃が部屋から出て行ったあと、ソフィアはほっと息を吐いた。それを見ていたクリストファーが渋い顔をする。

「……姉さん、無理はしないで」

「していないわ。いきなり飛びかかったりなんてしないから安心して」

わざと軽く言って、猛獣の手のように指を曲げる。

昔の因縁なんてどうでもいいことだ。クリストファーとテディを守るためならなんだってできる。

クリストファーの書類の整理を手伝い、午後になって王宮の庭園にテディとともに赴けば、すでにテーブルセットが用意されていた。座らずに待っていると侍女を引き連れた王妃が少し遅れて現れた。

「お招きいただきありがとうございます」

挨拶をしてテーブルをはさんで向かい合う。

振舞われた、季節の花びらを浮かせた紅茶は爽やかな香りを運んできて、それがふと昔のことを思い出させた。そういえば昔もこうして彼女とお茶をしたことがあった。その時は王太子の婚約者とその親友として。

「王妃の仕事は本当に大変なの」

王妃が息を吐いた。

「ドレス支度に振る舞いに、気が休まる時がないわ。こんなことなら陛下のプロポーズを受けたときにもっと考えるべきだったのに」

頬に手を当てた彼女が悩ましげに言う。その後も王妃の仕事の愚痴と臣下や女官がいかに使えないかを「あなたにだけ」と言ってソフィアに並べ立てた。昔と変わらない噂話好きな彼女の話をソフィアは静かに聞いた。

(今日は、私から何か話す機会はなさそう……)

あわよくばと思ったがなかなかうまくいかないものだ。だがそれならば、次回のお茶会に呼んでもらえるように機嫌よく最後まで話をしなければならない。

そう思いながら耳を傾けるソフィアにあらかた愚痴を言い終えた後、王妃は周囲に視線を向け、一際声を潜めた。

「やはり王宮で一番信頼できるのはクリストファーよ。ねえ、ソフィア」

「はい」

王妃が微笑んだ。

「わたくし、彼が好きなの」

「――……え」

思わずこぼれた一言。先ほどの執務室でのことが頭をよぎって、驚く表情のソフィアに王妃が言葉を重ねる。

「何度も想いを伝えているのにうまくかわされてしまうの。わたくし、フリーデが処刑された後も公爵家の名誉回復に尽力したわ、その労苦に少しくらい報いてくれても罰は当たらないと思うのだけど」

どくどくと嫌な音で心臓が鼓動を刻む。

彼女は何を言っているのだろう。

まだ嫡子はいないとはいえ、一国の王妃がこんな王宮の真ん中で。

「……王妃様は、まず陛下との御子を」

声がかすれる。耳障りな心臓の音と耳鳴りのせいで、自分の声すらよく聞こえない。

「国王の代わりの種馬なんてよくあることでしょう」

王妃が持っている扇を広げた。

「グランディル公爵家は歴代王家とも婚姻を結んでいるのだから、血筋は保っているわ。なによりあの美貌の子が生まれたらどれだけ皆がわたくしを褒めたたえるか、あなたにもわかるでしょう。ねぇソフィア」

手を取られる。

「わたくしたちお友達になれるでしょう」

――私たち、お友達になりましょう。

前世でも王妃は確かにそう言った。行儀作法を学ぶのに忙しく、同年代の友人をつくる機会がなかったフリーデは彼女に心を許した。

部屋に招いたこともある。王太子に友人として紹介したことも。そしていつの間にか彼女は王太子の新しい恋人になった。

「協力してくれないかしら。褒美は望みどおりにするからクリストファーの動向を」

「……駄目です！」

叫んだ拍子にテーブルの紅茶がこぼれた。遠くから見ていた侍女が身じろぎをする。王妃も美しい眉をひそめた。

「ソフィア？」

「……わ、私……」

頭の中では、王妃にすぐに謝って同意したほうがいいと声がする。適当に協力するふりをするならば、きっとソフィアは彼女に近しい存在になれる。クリストファーたちが教えてくれない情報も聞き出せるかもしれない。

（でも）

他のものならなんでも差し出して構わない。陛下でも王太子妃の地位でも、純潔でも命でも。けれど、――クリストファーだけは。

それが何を意味することなのか、脳が無意識にそれ以上考えるのを拒絶する。

「……私には、荷が重すぎますので……失礼します！」

王妃の顔もまともに見られないまま後ろに下がり、礼をとって庭園を辞した。

テディがついてきているか確認する余裕もなく、ほとんど駆け足になって王宮を進む。

息が切れて歩みがゆっくりになり、足が止まるともう動けず、ソフィアは人目につかない階段の下でうずくまった。

（私、どうしよう……謝らないと）

失礼な態度で出てきてしまった。王妃の不興を買えばクリストファーに迷惑がかかる。

震える足で立ち上がって、道を戻った。

得体のしれない嫌悪感に喘（あえ）ぎながら、震える唇を開く。

「……やっぱり王妃というのは大変なのね」

ドレスも重そうだったし、髪のセットも時間がかかりそうだ。世継ぎについても考えなければならない。心休まる時間がないのは確かだろう。

「……ならなくて、よかっ、た……」

涙がこぼれる。それ以上進めなくて、ソフィアはもう一度床にへたり込んだ。

「っ、……う」

「大丈夫か」

「っ」

かけられた声にびくつく。顔をあげるとそこにはゲルトがいた。前のような私服ではなく国主の正装にマントを羽織っている彼は、目が合って初めてソフィアと気づいたようだ。

「君は、クリストファーのところの……気分が悪いのか」

慌てて立ち上がろうとしたが、足が震えて力が入らなかった。

「大丈夫です、少しめまいがしただけで」

「部屋まで送ろう」

「いえ！」

自分からお茶会に行くと言ったのにこんなことくらいで倒れていたら、二度とクリストファーに王宮に連れてきてもらえなくなる。

「本当に、平気ですから」

座ったまま視線を下げるとゲルトが距離を詰めた。床に膝をついた彼の指がソフィアの目尻をすくう。濡れたそれを見て彼は呟いた。

「……では、これは二人きりの内緒だな」

かけられた声に目をしばたたかせる。

　そのセリフは、初めて会った時の夜の庭園でも――目を見開くソフィアを見て、ゲルトもハッとした顔をした。至近距離で彼と静かに目が合う。しばらくして彼が口を開いた。

「内緒にする代わりに、また会ってくれないか」

「……」

「頼む」

「は、い」

　真摯な眼に貫かれて口が勝手に動いた。

　答えるとゲルトはほっとした顔をした。

　静かだが珍しく焦るテディの声が聞こえて、ゲルトが立ち上がる。

「ソフィア様！」

「優秀な護衛が来たようだな。じゃあ、また」

　彼はそう言ってソフィアの頭を撫(な)でて去っていった。その姿が廊下の角を曲がって見えなくなってすぐに、テディが走ってくる。

「大丈夫ですか」

「ええ、……ごめんなさい、王妃様のご様子は？　謝りにいかないと」

「驚いてはいましたが、さすがに申し出が不躾(ぶしつけ)だと気づかれたようで何もおっしゃっていませんでした。あの後すぐに騎士団の視察に」

「そう……」

それでもあとで謝罪の手紙を書くべきだろう。そんなことを考えていると腕を引かれた。

（え）

そのまま人けのない廊下の隅でソフィアはテディの腕の中におさまった。

想像以上に逞しい腕の中で固まる。

「……あまり無理をしてはいけませんよ」

小さくささやく声にそろりと顔を上げると、どこか泣きそうな顔をしたテディがいた。

「テディ？」

そっと頬に触れようとした手を避けた彼は、ソフィアの背中に手を回した。

「失礼します」

「きゃ」

横抱きにされて慌てて彼の肩に手を置く。

「ひ、一人で歩けるから」

「力が抜けて足に力が入っていないでしょう。執務室に戻るならこちらのほうが早いです」

見抜かれている。

ソフィアを抱き上げていてもテディはいつもと歩調が変わらない。

「……重くない？」

「軽すぎますね、食事のメニューをもう少し見直さないと」

真剣な表情で言うテディにソフィアはつい笑ってしまった。

＊＊＊

その日の仕事終わり、クリストファーは報告書を持って、ゲルトの執務室に向けて廊下を進んでいた。

王宮での仕事はクリストファーにとっては面白味もない。人を思い通りに動かす仕事も裏工作も後処理も好きだが、それより今は執務室に待たせているソフィアのほうが気になる。

王妃のお茶会からテディと戻ってきた後、クリストファーの顔を見て、珍しく自分から抱きついてきてくれたのだ。

（ああ、すがりつく姉さん、可愛かったな）

己の欲望と目先のことしか考えていない王妃との会話は終始嫌なものだっただろう。それでも彼女が応じた理由は、自分が王宮にいなかった間の情報を探るためとわかっている。

そして——王妃のクリストファーへの秋波に対して感じるものがあったからだろう。

そこにいつも穏やかな表情の裏に隠している、姉の独占欲を見た気がして顔がにやけるのが止まらない。

（早く帰って、優しく抱きしめてあげないと）

今日ならいつも嫌がることもしてくれるかもしれない。期待に胸が膨らむ。

この世で一番愛しい存在はそばにある。彼女はクリストファーの歪んだ愛情を受け入れて毎晩一緒に眠り、そのうちに妻にする用意もできた。

けれどこの焦燥感はなんだろう。

「失礼します。宰相クリストファー・エヴァレット・グランディル入ります」

「ああ」

王の執務室の前で名乗れば応じる声がして、脇に控える騎士が扉を開けた。

部屋の中で、窓から外を見ていたゲルトが振りかえる。

今年で三十九歳。髭を生やしているのは若さゆえに威厳がなく見られるからで、背筋を伸ばした凛々しい体軀は生命力にあふれている。王太子から国王になったのは六年前、クリストファーが二十一歳のときだ。穏やかで柔らかい物腰は見る者に警戒心を解かせる。

王太子時代は、この男に国中の娘が夢中になった。

(――姉さんはまだこの男を愛している)

今すぐに殺してやりたい気持ちを堪えてそれを認識する。

あれだけのことをされたのに優しい姉は彼と再会して、怒ることもなく涙をこぼしていた。きっとクリストファーが止めなければそのまま己の名を告げていただろう。

「次の議題書を持ってまいりました」

国の金の流れや要人の配置、騎士団の配備などすべての政治をクリストファーが担っている。あとはゲルトが名ばかりの会議で決を下すだけだ。

だが反対する者はいない。すでにクリストファーが手を回しているし……表立って反対するものはひそかに始末した。

他の者を蹴落とし、テディとともに身を悪事に染めて手に入れた宰相の地位だ。

いくつかの確認をとれば仕事は終わる。書類に目を通したゲルトはそれを机に置いた。

「あの少女はクリスのところにいるのだったか」

「ソフィアのことですか」

穢(けが)らわしい、あの子のことを呼ぶな考えるなと思いつつ、にこやかに笑みを返す。

「そう、ソフィア。補佐官なのだろう、次は報告のときに一緒に連れておいで」

「珍しいですね」

「……どうにも、気になっていてな」

「王妃様が悲しまれますよ」

憎悪にも近い感情をくるんでそう表現する。実際、クリストファーへの誘いを口にしながら、王妃はゲルトが少しでも他の女性を褒めるだけで烈火のごとく怒った。挨拶にいちいち目くじらを立てられてはたまったものではない。

(姉さんが王妃になっていたら、そういうこともなかったのに)

美人で有名な他国の姫の容姿を褒めた時は傷害事件にまで発展し、さすがのクリストファーももみ消すのに苦労した。

「そういうのではないんだ。ただ……どこか懐かしくて」

そう呟くゲルトにクリストファーは目を細めた。

運命、というものがあるのだろうか。

初めて姉を見た舞踏会でゲルトは彼女を見初めた。弟としては自慢の姉がそうなったことが誇らしくはあったが、悔しかった。できればあの人の隣に立ってエスコートをするのは自分でありたかったから。

姉が笑顔で嫁ぐと言うならばあの頃の自分はうなずくしかなかった。今なら全員殺してでもそばにとどめるだろう。

「申し訳ありませんが、あまり男性に慣れていませんので」

「だが、クリスは彼女を抱いているのだろう？」

この返事には微笑むだけにする。

「何を警戒しているのかはわかるよ、本当に違うから」

「口ではなんとでも言えますからね」

いや、そう思っているとしても自分でも気づいていない心の奥底ではどうだろうか。そもそもゲルトは結婚してからもほとんど王妃のもとに通っていない。弟や王族など王位継承者が他にもいるとはいえ、継嗣は国王の義務だ。にもかかわらず王妃を抱かない理由は、フリーデを見殺しにしたこの男の、無意識な罪滅ぼしなのではと推測していた。

「宰相殿は手厳しいな」

ゲルトはそう言って寂しそうに笑った。

＊　＊　＊

季節はゆっくりと巡っていく。

ソフィアが宰相補佐として王宮に出入りするようになってしばらくの時が過ぎた。

あまり外に出したがらないクリストファーをなだめるために彼のわがまま——一緒にお風呂に入ったり、膝枕したり、愛していると彼の気が済むまで言ったり——を聞いてなんとか出仕を続けている。

国の宰相として忙しいクリストファーは日々忙殺されている。国王陛下に本当に復讐するつもりなのか、ひょうひょうとした態度からは判断ができない。

お茶会の後、王妃からは何も沙汰はなかった。

補佐官とはいえソフィアは執務室から出ることを許されずに、クリストファーの膝に乗って書類整理をしたりするくらいだ。宰相としての彼がとても有能なのは王宮の仕事に不慣れなソフィアでもわかる。だからこそ自分の都合とは別に、補佐官らしい仕事もしたいと思っているのだが……。

この日は珍しくクリストファーと一緒に関係部署に書類を届けるために部屋を出た。

廊下を歩くと使用人も臣下もみな道を譲る。そこを涼しい顔で進むクリストファーはやはりとてもまぶしい。

「……あ」

途中で広間を通ったときに、ソフィアは思わず声をもらした。

王宮には行事を催せる大きな部屋がいくつかあって、そのひとつである広間が、華やかなリボンや花で飾られた空間になっていたのだ。ある意味懐かしいその光景に、ソフィアは目を輝かせた。

「ああ、宮廷お茶会の準備だね」

クリストファーが言葉を添えてくれた。

国の恒例行事である王妃主催のお茶会だ。数十年前より代々続けられているそれは、自国の貴族夫人や子女だけではなく、他国の貴族や著名な女性が招かれ、王家の威信を示すために盛大に催される。準備だけでも一か月はかけられている大がかりなものだが、女性のみの会だけあって原則国王も口を出せない。

（懐かしい）

そんな行事があることも忘れていた。

見ている間にも飾りつける花や布地が会場に運び込まれる。その会にはもちろん王太子の婚約者時代に、ソフィアも手伝いという形で携わっていた。前王妃と女官長と、あれこれと相談した日々を思い出す。準備は大変だし気苦労も多かったが、そうやって皆で作り上げて当日を迎え、無事に会を終えたときの一体感はよく覚えていた。

けれど、と首を傾げてしまう。

会場がぴりぴりして皆うつむきがちだ。特に女官たちの疲労が濃く、緊張感が張り詰めているように思う。

（毎年、指揮を取っていた女官長の姿が見えないわ……）

頼もしい彼女はこの王家の一大イベントに腕を振るっていた。高齢だからもう引退したのだろうか。

「ソフィア？　行くよ」

「ええ」

クリストファーに呼ばれてその後ろについた。

「お茶会の準備は滞りないの？」

「うーん……」

聞けば珍しく彼は思案する表情になった。

「女官長が辞めてからはなかなか大変みたいだけれど、俺もあの会については権限がないんだ」

「そうなの」

もう一度振り返りかけてやめる。宰相であるクリストファーの管轄でないのなら、補佐であるソフィアにはさらに関わりのないことだ。

「俺はどちらかというと、今度の舞踏会のほうが……」

「宰相様」

そこで廊下を前から歩いてきた侍従長が声をかけた。

「少しお時間よろしいでしょうか」

「ああ。何かあったかい？」

二人が話し終わるのをソフィアは端に寄って静かに待った。

どうやら大広間のほうでは今年のデビュタントの準備の真っ最中らしい。淑女の社交界デビューであるこちらも外せぬ恒例行事だ。これも国の運営が順調である証拠ではあるが、改めて王宮の仕事の忙しさにため息が出そうになる。

「──それで、陛下からこちらをソフィア様にと」

自分の名前が出てソフィアは顔を上げた。侍従長がうやうやしく取り出したのは舞踏会の招待状だ。

「あ……いえ、私はドレスも持っていませんので」

「そうでしたか、それはよかった。陛下が貴女に似合うだろうと一式ご用意されています。後で最終調整に針子を行かせると言付かっております」

「えっと」

冷ややかな視線を感じてそちらを向けば、目を細めたクリストファーがソフィアを見ていた。それだけで一気に震えあがったソフィアに、彼がにこっと笑う。

「舞踏会には私も出席します。ソフィアも行こうか、初めてだよね」

「……はい」

「宰相様がご出席されるなら、さらに場が華やかになりますね」

朗らかに話をしている横でソフィアは今すぐ逃げたい気持ちでいっぱいだった。

ゲルトがソフィアのためにと用意してくれたのは、淡い銀糸の刺繍が施された白地に、青いリボンをアクセントとしたドレスだった。手の先までフリルが重ねられ、デコルテも大きく開いてまだ成長途中の胸がコルセットで持ち上げられる。肌のいたるところにあるクリストファーからつけられた愛撫の跡は、レースの肩掛けでなんとか隠した。

その日、舞踏会が行われる大広間は人で賑わっていた。

クリストファーにエスコートされて会場に着いたのは宵の口で、招待客は穏やかに歓談していた。フリーデの頃に挨拶したこともある子息もいれば、知らない人もいる。けれど平等に十六年の歳月は過ぎていた。

美貌の宰相であるクリストファーに話しかける貴族は多く、そのたびにソフィアもローレンス子爵家の養女として紹介された。皆、彼の腕に手をかけるソフィアの指に、クリストファーがはめているのと同じ意味深なペアリングがあるのに目を向ける。

少しして、さざ波のようにおしゃべりの声が小さくなった。頭を下げる招待客たちの動作にすぐに察して、ソフィアもスカートの端を持ち上げて膝を軽く折る。隣のクリストファーも胸に手を当てて頭を下げた。

国王夫妻が会場に現れたのだ。

立派な正装姿のゲルトと、誰よりも煌びやかに着飾った王妃が招待客に微笑む。二人が大広間の奥にある椅子に座ると、本日社交界デビューするレディたちが一人ひとり挨拶をしていった。

それをクリストファーの隣でソフィアは懐かしく眺めていた。挨拶が終わればまた賑やかさが戻って、王妃は一際目立つ夫人たちが集まる場所へと足を進め、陛下は他国の要人と会話を始めた。

（できれば、この舞踏会で信頼できる方を見つけておきたいのだけど）

前世の知り合いに目星をつけて、ソフィアはクリストファーにこそりと話しかけた。

「クリス、私端にいるから……」

「駄目」

ソフィアが離そうとした手をそっと摑(つか)まれた。

「ここで俺から離れると、すぐに男に囲まれるよ」

ソフィアの格好をしげしげと見て、クリストファーが息を吐いた。

「そんな」

「試してみる?」

クリストファーが数歩離れる。すぐに仕事相手に声をかけられる彼を見ていると、横から手を差し出された。見ればソフィアよりいくつか年上の青年だ。

「ダンスを踊っていただけませんか」

「いえ、私とぜひ」

割り込むようにしてもう一人。戸惑って視線をさ迷わせると、間にクリストファーが入った。ほら、という勝ち誇った顔をしている。

「申し訳ありませんが、この子は私のお相手でして」

そう言って追い返した後、腕を改めて差し出された。

「保護者のガードが堅いな」

そこでやってきたのはゲルトだ。彼はソフィアを見て嬉しそうにうなずいた。

「ドレス、良く似合っているよ」

「お心遣いいたみいります」

すでにドレスの返礼はしているが、宰相補佐官に国王ゲルトがドレスを贈った話は誰もが知るところとなっていた。

「ソフィア嬢、私と踊ってもらえるかな」

腕を差し出される。どこか茶目っ気のあるそれはおふざけとわかりやすい誘いだ。

とっさに動けないソフィアを見ていたゲルトは、視線をちらりとクリストファーに向けた。先日の『内緒』の代償を暗に示していると悟る。

「……はい、喜んで」

手を取った。そのまま誘われて会場の中を進む。

「あら、ソフィア」

「王妃様」

　この場の誰よりも光り輝く王妃が前に出る。胸元にはキラキラ光るダイヤのネックレスがあった。

「有能な宰相の補佐官だ。仲良くしておいて損はないだろう」

「妬けますわ。私もソフィアと踊りたいくらいなのに」

　そう言って笑う王妃の目が冷ややかに光る。思わず固まったソフィアから視線を外して、王妃は人の輪に戻った。

　ゲルトとソフィアのダンスは何かの余興ととらえられたらしく、道を開けるように、ダンスをしていた他のペアが端に寄る。

　向かい合って礼をして、手を重ねた。年月を経て手袋越しに再び触れた手はシワが増えていたけれど、その分大きく頼もしい。前世で何度も踊ったステップは、曲を聞けば自然に足が動いた。

「上手だな」

「お褒めにあずかり光栄です」

　とはいえ身長差はいかんともしがたく、やはり前の通りとはいかない。それでもゲルトはソフィアの身体を支えて上手にエスコートしてくれた。

「王妃の浪費癖には困ったものだ」

ダンスの途中の小さな呟きに、彼の視線を追えば周りに人を集める王妃が見えた。

「それを、私に言っても仕方がないですよ」

「すまない怒ったか。……君は話しやすいから」

——フリーデにだけはなんでも話せる。あの時もそう言っていた。

寂しそうに眉を下げる彼を前に、突然何もかも壊したくなる衝動に駆られる。自分はフリーデだと……あなたが不義を疑って見限った婚約者だと今ここで言えたら、どれだけ楽になるだろうか。

「っ……」

けれどそんなことを言っても妄言とされるのが目に見えていた。そしてクリストファーはそれを幸いと、二度とソフィアを外に出さないだろう。それだけは避けなければ。

「……宰相様の働きぶりはいかがですか」

「彼にはすべて任せきりだからね。実務も外交もよくやってくれている。妻を娶らないのだけが、心配だ」

「それは私もです」

「おや、君が候補なのでは？　片時も離さないだろう」

「ご冗談を」

「そのペアリングは？」

「補佐官としての労をねぎらっていただいているだけです」

そうだ、ソフィアはクリストファーと結ばれることはない。

補佐の仕事の傍らで人事帖を調べた。あのときの判事、塔でのことに加担した貴族はやはり突然の病死や不慮の事故で亡くなっている。わずかに覚えているリーダー格の兵士の名前も名簿から調べて、ある部隊が国境任務の際に丸ごと落石事故で殉死している記録を発見した。

クリストファーとテディの計略によるものだろう。彼らにそこまでさせてしまった己の罪を悔やむ。

(だからこそ、陛下と王妃様だけは)

すでに超えてはならない領域を超えてしまったクリストファーたちを止めなければならない。万が一のことがあれば国全体を揺るがす事態になる。

(いざというときは、命に代えても)

「ソフィア」

「はい」

「……あまりそうじっと見られると照れるのだが」

「──も、申し訳ありません」

知らずゲルトの顔を見つめてしまっていたようだ。不敬に頬を染めて視線を逸らせると、自分たちのダンスを眺めている観衆の中、クリストファーだけが笑っていないことに気づいた。

一瞬にして背筋が凍えて、同時に彼の姿が小さな子どもに重なって見える。同じような光景を見たことがある気がした。

(なんだったかしら、……それよりも、これは帰ったらまた何をされるのか)

そう意識した途端に足がもつれる。

「どうした急に」

「申し訳ありません……っ」

ダンスのパートナーをフォローするようにさらにゲルトが身体を密着させた。それでも一度意識してしまったクリストファーの視線が背中に突き刺さるのを感じて、足元がさらにおぼつかなくなる。

(は、はやく終わって!)

このままではゲルトの御足を踏む危険があった。そこでようやく曲の最終章が流れてソフィアは知らず息を吐いた。

ダンスが終わる。ソフィアはそそくさと数歩離れて礼をした。

「楽しい時間を、ありがとうございました」

「こちらこそ」

ゲルトが一歩近づいてソフィアの手を取った。その指先に軽く口づける。

周囲がざわめくのを気にするそぶりもない。——そうだ、こういう人だった。このキスに他意はない。ただ踊ったソフィアへの礼なだけだ。

それを女性が勘違いしてしまうのをわかっていない。年を経て威厳と渋さを増した、この国の王たる彼は。

「……こういうことは、されないほうが」

唇の感覚が残る手を胸の前で握って視線を逸らす。

「失礼します」

もう一度礼をして、ソフィアはダンスの列から離れ、クリストファーのもとへ戻った。

「さすがソフィア、素晴らしいダンスだったよ」

「あ、ありがとう、……ございます」

にこやかに言うクリストファーの目はやはり全く笑っていない。それを見て、今日は朝まで離してもらえないだろうとソフィアは悟った。

「……疲れたので私、テディと一緒に先に馬車に戻ります……」

「ああ、それがいいね。私もすぐ向かうから」

こうなれば大人しくしているのが、一番被害が少ない。あとはクリストファーの頭を撫でて機嫌を取ろう。すごすごとその場を離れようとしたところで、侍従長がクリストファーに近づいて声をかけた。

耳打ちにひとつうなずいたクリストファーは、周りの客に断って会場を後にした。

（何かしら）

こんな夜に緊急の用事だろうか。毎日大量の仕事と決議をあっさりこなしているクリストファーだが、働きすぎが心配だ。

暗い廊下を、そう思いながら何度も振り返っていると。

「ソフィア様、足元を」

「あ……っ」

ランプを持って先導するテディが声をかけるのと、段差に蹴躓くのが同時だった。おろしたての高いヒールは崩れたバランスを戻せず、倒れかけた体をテディに手で支えられる。

「ごめんなさい、ありがとうテディ」

「……失礼いたします」

ひょいとテディがソフィアを抱き上げた。

軽々とした動作といきなりのことにびっくりするソフィアを、思案げにテディが見やる。

「私が触れても問題ありませんか」

「ええ。そういえばテディに触れられるのは不思議と平気だったわ」

彼の心地よい静かな雰囲気のせいだろうか。そう言うと彼は眉を下げた。

「それは少し寂しいですね」

「？」

「ソフィア様が私を男として見ていないということでしょう」

「そんなことはないわ」

テディのことは誰よりも頼りにしている。そう答えると浅黒い肌の青年は微笑んだ。

「初めて会った時のことを覚えていますか」

「もちろん」

父が連れてきた異国風の白髪の少年。痩せた身体に目だけがぎらぎらしていて、まるで野生の獣を思わせた。

国に帰る手筈が整うまで、と保護されて父に連れられてきたテディとは、ソフィアもクリストファーもすぐに仲良くなり兄弟のように過ごした。そして、すでに祖国が滅亡していることを理由にテディは屋敷に残ることを決めたのだ。当時のことを思い出すように彼が目を閉じる。

「あの時はまるで天使が二人、目の前に現れたかと思いました」

そのまま公爵家の馬車に乗せられる。扉を閉める寸前で彼は言った。

「お二人に仕えられる私は幸せ者です」

＊　＊　＊

ソフィアとダンスを踊った後すぐに会場を出たゲルトを追って、クリストファーも廊下に出た。侍従長に指示された通り執務室に赴けば、ソファに座った彼は顔を手で覆っていた。

「クリストファーか」

「はい」

「……例のものを頼む」

ある程度予想していた命令にクリストファーは微笑んだ。

「もちろんすぐに手配させていただきます。半刻ほどお待ちいただけますか」

「ああ」

「では、陛下好みの女性を馴染(なじ)みの店に用意させて参ります」

その言葉に喜色を浮かべる国王に、クリストファーはそっと礼をして執務室を辞した。

＊　＊　＊

深夜、欲を存分に満たしたゲルトは馬車で城に戻っていた。

毎日の責務に疲れた身体は睡眠を欲して、御者の安定した運転に油断をしてつい眠り込んでしまう。

『殿下』

浅い夢の中で、見事な金の髪の乙女がゲルトに笑いかけた。朝露に濡れる薔薇(ばら)の蕾(つぼみ)のような、はにかんだ表情の彼女の隣にいるのは、王太子時代の自分だ。

職務のわずかな休憩をつかって会う時間をつくった。妃教育は大変だろうに、いつも笑顔を絶やさず、誠実な彼女は使用人たちからも信頼されていた。

何よりも愛していた。プロポーズの言葉に戸惑いながらうなずいてくれたことは今でも忘れていない。公爵と侍女の間に生まれたと聞いていたが、彼女が隣にいてくれるのならそんな出自は些末な問題だった。

けれど。

『姉さん！』

『まぁクリス』

公爵家の弟が会いに来た時だけは、いつもどこか仮面をまとったような彼女の表情が違っていた。己に向けるものよりももっと親密なそれ。ただの家族の情だとずっと言い聞かせていたのだが……。

『気づいていらっしゃるでしょう？　フリーデは、殿下を愛していませんわ』

姉弟のようすを部屋からそっと見る自分に、フリーデの親友というブルネットの髪の令嬢がささやく。

『あなたに嫁ぐのはただ、王太子妃の名誉が欲しいためだけです』

『そんな……はずは』

『わたくしは違います。あなた一人を愛していますわ』

夢から覚める。城まではもうすぐだ。ランプが灯る車内は暗いが進みは揺るぎがない。

そっと窓の外を見る。

「……もう一度、君に会えたら……」

その声を拾う者は誰もいなかった。

第五章　お茶会の準備

舞踏会の後のことは、今思い返しても大変なものだった。普通にクリストファーに抱かれるだけでなく、ゲルトに触れられた手や背中を「消毒だよ」と散々舐(な)められたのだから。

それからしばらく経った日。

ソフィアはクリストファーが寝室で朝刊を読みながら、あくびをかみ殺すのを眺めていた。眠そうな彼に対して、夕食を食べた後に急な眠気に襲われてぐっすり寝たソフィアは元気だ。

「疲れていない？」

そっと彼の額に手を置く。熱はなくひんやりした体温が手のひら越しに伝わってきた。

「少し疲れがたまっているのかもしれない。今度の御前会議のための下準備と下処理と、お茶会の……」

そこで彼は口をつぐんだ。

新聞を畳んだクリストファーはそれを端に置き、ソフィアを抱きしめて先ほどまで寝ていたベッドに押し倒す。

「昨日姉さんを抱けなくて体力が有り余ってるよ」

ナイトウェアしか着ていない胸を薄くて柔らかい布ごしに揉まれる。鼻息荒く、彼の顔が首筋に埋められた。

「く、りす……！」

「ちょっと大きくなった？」

胸を揉みながら嬉しそうに言う彼を渾身の力で退かせる。すでに脱がされかけている服を着なおした。油断も隙もない。

（せっかく心配してあげたのに！）

肩をいからせながらクローゼットを開けて今日の服を出す。

「クリスも早く着替えないと」

「うん」

のそりと立ち上がってクリストファーもクローゼットに近づく。

そこで後ろから抱きすくめられた。

「ちょっ……」

孤児院から引き取られてすぐの頃よりも肉付きはよくなったが、身長は変わらず、すっぽりと彼の腕の中におさまる。いつものおふざけかと思ったが、クリストファーはソフィアを抱きしめてじっとしているだけだ。

「……クリス？」

「ごめん、少しだけこうさせて」

小さな声がする。ソフィアはそっと身体を反転させて、その大きな背中に手を回した。

「何かあった？」

「別に……」

クリストファーの態度に妙な胸騒ぎを感じながら出仕した王宮では、あちこちで臣下が不安げに話をしていた。

「事務官がベッドで死んでいるのが見つかったらしい」

「物取りか」

「いや、それが心臓発作らしくて」

そんな話が漏れ聞こえてくる。

夕方の新聞には、昨夜いつもと変わらず妻とともに就寝した事務官が、翌朝冷たくなって死んでいた旨が報じられていた。あまりにも突然の訃報に、事務官の家も職場も大騒ぎだという。

新聞社が入手した特筆すべき点は、彼が国王ゲルトに否定的な意見を同僚に漏らしたことがあったと書かれている。

（昨夜……）

もちろん不慮の事故や病気で王都では一日に何人もが亡くなっている。けれど妙な符号を感じてしまった。

（そういえば、前にも）

強い味のデザートが出てそれを食べるとすぐに眠ってしまったことがある。ソフィアは記憶を探って、前後不覚で寝てしまった日の翌日の新聞をこっそり漁ってみた。

そこには新聞記者に宮廷道化師、弁士、そして臣下の死亡事故が載っていた。


それから一週間ほど経った日のデザートはテディお手製のアップルパイだった。

一口食べて、いつもと違って強い酒の味を感じたソフィアは一瞬戸惑い、なにごともなかったように咀嚼（そしゃく）した。

目の前のクリストファーはいつもと変わりがない。けれど、甘いものが好きなはずの彼はそれに全く手をつけていない。

（今まではどうだったかしら）

テディのごはんが美味しすぎて、周りを注意して見ていなかった自分の不甲斐（ふがい）なさを痛感する。

「……」

どうしようかと考える。さすがに少し食べないと二人にバレてしまうだろう。飲み込まないように気をつけて数口を食べてナプキンで口を隠し、ふわ、とあくびをした。

「……そろそろ寝ようか」

目を擦るとクリストファーが近づいてくる。いつものように抱き上げられて、寝室に運ばれた。ベッドに横たわって寝たふりをする。

（これで）

クリストファーたちの動向が探れるかもしれない。そう思っていると、ぎし、とベッドに体重がかかる音がした。

覆いかぶさる気配がして、耳につくほどの近くでそっとクリストファーの唇が開く。

「寝たふり？」

吐息と一緒に低くて笑いを含む声がしてぎくりとするが、目を閉じたままじっとした。敏い彼のことだ、本当に寝ているのか疑っているのだろう。そのうちにシュルシュルと衣擦れの音がして、服が脱がされるのを感じた。確かに食後すぐ寝てしまったときも、気づくとナイトウェアに着替えさせられていたような。

（……あれ？　意識がない間に脱がされて着せられたってこと？）

今更ながらこの異常なことに慣れてしまった自分を知る。すぐにコルセットも脱がされたところで、素肌を冷たい手が這った。

「！」

ゆるやかな胸をこねて先端をつままれる。その間にも性急な手が下腹部に伸びた。

（う、うそ、……まさか）

前戯もなく指が中に入ってくる。すでに数えきれないほどクリストファーと肌を重ねた身体は、ほとんど抵抗もなく指を受け入れた。すぐに中をかき混ぜられてくちゅくちゅと水音が聞こえた。胸を揉まれながらの行為に勝手に息が上がる。

(寝てる人って、反応するの？　しないの⁉)

あまりのことに、目をつむりながらパニックになった。

その間にもクリストファーの指は奥まで入り込んできた。目をつむっているせいか感触がいつもより生々しくて、必死に反応して声を出さないように気をつける。

そのソフィアの身体をクリストファーがうつ伏せにした。

(え、……)

腰を上げさせられる。恥ずかしい格好に羞恥を覚える前に、大きな熱杭がとろけた入口から入ってきた。

「……っ」

衝撃に上がりそうになった声をなんとか堪えた。ソフィアが頭を埋めるベッドに手をついてクリストファーが腰を動かす。

声がもれそうになるのをクッションで殺すが、すでに力の入らない腰を支えて奥まで突く動きに、快楽に慣らされた身体はすぐに達してしまいそうだ。

「姉さんの中、っはぁ、心地いい」

(う、う)

「好きだよ」

犯されながら愛をささやかれる。

「愛してる、姉さん」

一番信じられないのは、その言葉に反応するように中が濡れるのを感じたことだ。まぐわいは激しくてじゅぶじゅぶと卑猥な音が一層響いた。

「――っ、……う」

耐え切れずに身悶えるとクリストファーは動きを止めた。奥まで埋まる雄茎がゆっくりと抜けていくのを感じる。

（終わ、り……？）

「せっかくだから、普段できないこともしようか」

くるりと身体を仰向けにされた。

（え）

目をつむったまま何事かと緊張すると、クリストファーがソフィアの膝を曲げて、腕に抱えこんだ。次いで濡れた感触のあるところに、なま温かいものが触れた。

（……！）

熱い息がかかる。男性器とは違う、ぬめる肉厚な……舌が、すでに敏感になっている蕾をなぶった。

「は……っ」

思わず声が出た。けれどソフィアの下腹部に顔を埋めたクリストファーは舌の動きを止めない。不浄の場所を舌でこねておいしそうに蜜をすする。

「ああ、さっきまで俺を受け入れてくれていたところが、寂しそうにひくついてる」

わずかに顔を上げたクリストファーがそう言って蜜洞に舌を差し入れた。たまらずに腰を跳ね上げるが、彼の腕ががっちりと足を抱えていて逃げられない。

「……ん、っじゅる、はぁ」

熱杭よりは小さくて短いがその分自由に動く舌がソフィアの中を蹂躙(じゅうりん)する。恥ずかしくてどうしてもさせなかった行為だ。

(無、理)

身体を起こしてクリストファーの頭に手を置いた。

「クリス、っ……お願、やめ」

その手をクリストファーが取った。

「やっぱり、寝たふりしてたんだ」

天使にしか見えない外見で美しく彼が微笑む。

「頑張ってるけど我慢できなくて腰を揺らす姉さんも可愛かったよ」

「は、……っ待っ、あ、ああ————……」

身体を起こしたクリストファーが、とっさに逃げようとしたソフィアを捕まえて楔(くさび)を打ち込むと、直前まで高ぶらされた身体は耐え切れずに達した。がくがくと身体を震わせるソフィアの頤(おとがい)を摑(つか)んで上を向かせて口づける。まだ中が脈動している間もクリストファーは唾液を絡めた。

「は、っ待って、まだ、やだ、ぁあ」

動き出したクリストファーにソフィアは怯(おび)えた声で叫んだ。

「ふあぁぁあ、ああ、あ」

「っは、……は、あ」

呼気をこぼすクリストファーと違い、ソフィアは泣きながら喘(あえ)ぐことしかできない。奥の奥まで支配しようとするような動きにえずく。そもそも発達途中のソフィアの身体にはクリストファーの熱量は大きすぎる。

「ごめんなさ、……っ謝る、から、ぁ」

「謝る必要なんてないよ？　さっきも言ったけど寝たふりの姉さん、愛らしかった」

「ん、っんん！　は、ぁ……ふ」

腰の動きは緩まない。ぎりぎりまで抜かれては奥まで差し込まれ、奥をかき混ぜるようにグラインドされて泣きじゃくる。

クリストファーとの性交は脳髄の底までとろけるようで、ソフィアの理性もすぐに溶けてしまう。

「っあぁ、あう」

「いつも思うのだけどどうして泣くの」

「……う」

「俺はいつでも姉さんの味方だよ」

「……っは、ふ」

もう何も考えられず背中が勝手に反る。目の前にある頭にすがって髪に指を絡ませた。

「あ、ん、んっ……んぅ――――……」

雄茎を埋めたまま高い波にさらわれた。

通り過ぎてもしばらく動けないほどの強烈さに、腰が少しの刺激でもひくんと跳ねた。

「……は、まだだよ」

「や、……い、った……ばかり、……あう」

ぎゅうぎゅうに締まる奥をむりやりかき回される。

それだけで敏感な身体はまた達してしまって、ソフィアはクリストファーの下で痙攣した。擦られるたびに白い光が意識を支配する。すぐにでも気絶してしまいそうなのを必死で耐えて、クリストファーの首にすがりついた。

「クリス、……クリス」

「く、そ」

ベッドの中で獣のように交わる。いつもの彼らしくない悪態を聞きながら、抱きしめる腕の中でソフィアは涙をこぼした。

やがて、彼の呼吸が荒くなって中に入っている雄がひと際膨らんだ気がした。

「だす、よ」

「ん、……うん」

頬にクリストファーが手を置く。乞われるように口づけて舌を絡めて――。

「つぐ、う、……――」

奥で熱い飛沫を感じた。知らず硬直したソフィアをなだめるように頭を撫でられて、さらに数度腰が抽挿されたあとに、クリストファーは脱力したように上にのしかかった。

「平気？」

「……ん」

聞かれてこくりとうなずく。

「すっかり姉さんも俺のがなじんだね」

うっとりとクリストファーが言った。指を組んでベッドに押さえつけられたまま何度も唇を重ね合わせる。互いの息を奪うようなそれにも慣れて、クリストファーを受け入れている間はずっと快楽の海をたゆたっているようだ。

「クリス……」

「なんだい」

「……愛してる」

「――」

「だからもう、私のために復讐は忘れて」

昔のようにその頭を抱きしめた。

「いい子だから、お願い」

長い沈黙があって、クリストファーは何も言わずソフィアの身体をかき抱いた。


（……全然駄目だわ、私）

王宮で、テディと一緒に借りていた資料を返しに行く途中ソフィアはため息をついた。

昨夜は結局流されてしまった。しかも途中で意識がもうろうとして、何を話したか覚えていない。何をやってもクリストファーが一枚上手だと思い知らされるだけだ。

（デザートの味を強くしたのも私が感づいたと気づいたから？　……否定しきれない）

テディならソフィアの気持ちよりもクリストファーの命令を優先するだろう。少し後ろを涼しげな顔で歩く従者を、うらめしく睨んだところで、廊下に金切り声が響いた。

「まぁ、全然できていないじゃない！」

王妃の声だ。例のお茶会が催される広間がすぐそばにあって、開け放たれた扉から彼女の声が廊下中に聞こえている。

「どうするの！　もう十日しかないのよ！」

扉の陰では数人の野次馬が見ている。

ソフィアも通り過ぎるときにそちらを見れば、侍女たちを引き連れた王妃が、端に控える女官を前にテーブルクロスを持ち上げたところだった。

「ここはフリルを多めにって言っているでしょう」

「……で、ですが、先日はシンプルにと」

「実際のものを見て気が変わったの。そんなこともわからないなら王宮勤めなんてやめてしまいなさい！」

ひっと声を上げて年若い女官が頭を下げる。

「指示されないと動けないなんて、あなたたち脳みそが入っているの⁉」

皆うつむいて固まっている。

「やっぱり、招待客の国や家紋に合わせた花で飾って、食器とテーブルクロスは明るい色で揃えて……ああもう時間が足りないわ」

その間にも王妃は会場中を歩き回って、気に入らないものを手にとっては床に放り投げている。

「全然だめだわ、まったく女官の質も落ちたものね」

「その通りですわ王妃様」

「ええ、やる気がない使用人ばかりで」

後ろに続く侍女たちは笑顔でそう言って床に落ちたものを踏んでいく。ソフィアは王妃たちの態度に顔をしかめた。

（そんなことをしては）

「ソフィア様、行きましょう」

テディに腕を引かれた。彼はソフィアの顔を見て首を振った。

「あなたが動くことはないですよ」

「……でも」

「王妃に目をつけられると、クリス様の仕事に差し支えます」

それを言われるとソフィアは何もできない。会場を眺めていた男の文官たちも、諦めたようにその場を去りながらひそひそと話をしていた。

「また王妃の癇癪か」

「今年のお茶会もどうせ失敗だよ、もうやめるべきなんじゃないか」

「王も、こちらには一切関与してないからなぁ」

「あの」

思わずその一人に声をかけた。向けられた視線にひるみながら聞く。

「マチルダ女官長はいらっしゃらないのですか？　お茶会を取り仕切っている方なのに、姿が見えないみたいですが」

「ああ、数年前にお茶会のことで王妃様に進言して、鞭打ちの刑になった上に王宮を追い出されてしまったんだよ」

「……そう、ですか」

すでに王妃は会場を去っていた。

残された女官たちは肩を落とし、視線を合わせないようにして片づけをする。泣きながら割れたガラスの破片を拾っている女官もいて、堪らずにソフィアは会場の中に入ってそれを手伝った。

ソフィアの顔を見て女官がびっくりした顔をする。

「あの、これは私どもの仕事ですのでお気になさらず」

「いいの。人手はあったほうがいいでしょう」

隣で同じようにテディも片づけをしてくれた。

「もう私たちではどうしたらいいのか……」

汚れたテーブルクロスを運ぶ女官がため息をつく。

「王妃様のご指示が数日で変わってしまって」

「しっ、めったなことを言うもんじゃないよ。とにかく適当に終わらせればいいの」

（ああ）

他国からもお茶会を口実に王宮の雰囲気や内情を探りに来るのに、こんなことでいいわけがない。

「指示書があれば、見せてもらえませんか」

準備に必要なリストや大広間の飾り付けを書いたものを読ませてもらう。けれどどう考えても人手が足りない。何より、王妃の言う通り開催まであと十日をきっているのだ。

「責任者の方は？」

「それが……体調不良でお休みを」

「そう」

もう一度指示書に目を通す。

歴代の流れに沿っているが華美な装飾が必要で、ソフィアの記憶にある予算額では足りない。それでも最低限整えることはまだ可能そうだ。

「もし、よかったら私にお手伝いをさせていただけませんか」

「えっ」

女官が驚いた顔をする。

「同じような催しをしたことがあって、少しはお役に立てるかもしれません」

「それは、とても有難いですけれど」

「ソフィア」

クリストファーがやってくる。途端に女官は頰を紅潮させて後ろに下がった。

「遅いから心配したよ。どうかした、……と聞くまでもないね」

クリストファーが会場を見て息を吐く。

「王妃様には俺から少し言っておくよ。行こう」

「……クリス」

小さく名前を呼ぶ。

国の威信をかけた催しだ。このままでは文官の言っていたように散々なことになるかもしれない。男性は手を出せないのが通例だが、回り回って国王や、クリストファーの名にも関わってくる。

「お願い、私に準備を手伝わせて」

自分にもできることがあるのにこれ以上見過ごすわけにはいかない。

「そんな可愛い顔をしてもだめ」

「好きよ」

「——……し、仕方ないな」

最終兵器を出せばクリストファーが赤い顔でうなずいた。姉ながらこんなにちょろくていいのか心配だ。

片づけを手伝いながら、クリストファーはソフィアに言った。

「テディも一緒にいること」

「ええ」

「王妃への根回しはこちらでしておくから」

彼の口からの言葉に少し胸が痛む。

仲を取り持つことを断ってからも特に王妃から何も言われていない。けれど、二人で話しているのを想像するだけでも苦い思いが広がった。

だが今はお茶会を無事に乗り切ることが最重要だ。

「……ええ、お願いしてもいい？」

ソフィアの感情は邪魔なだけ。仕事の範囲を超えてしまうので勝手に手伝えば角が立つし、話を通すのは当然だ。

「了解」

わずかにクリストファーが微笑んだ。

その場は一度引き下がり、許可を待つ。王妃に呼び出されたのは二日後だった。

「クリストファーから事情を聞きました。国の威信をかけた茶会の準備、ソフィアが手伝ってくれるのね？」

前と同じ庭園でそう聞かれる。前と違うのはテーブルセットに座る許可が出ないことと、冷ややかでねばつくような王妃の視線だ。

「お任せいただけましたら、全力を尽くします」

「嬉しいわ、無能ばかりで困っていたの」

礼をとったまま言葉を飲み込む。王妃からの返事が来るまでの間、ソフィアは時間を見つけては会場の準備を手伝っていた。皆真面目で国のためによく働く有能な女官たちだ。

「わたくしの評判を落としたら鞭打ちの刑を行います、いいですね」

「はい」

「それじゃあこれを」

どさりと書類がテーブルの上に載せられた。

「出席者の追加のリストよ、全員に手紙を出しておいて」

「承知しました」

「あと、料理が気に入らないわ。もう一度すべて作り直しと料理長に伝えて」

「はい」

「それに、飾り付けは……」

彼女の要望のすべてを頭に入れる。話し終わった後、王妃は扇を動かしながら悩ましげに息を吐いた。

「でも、まさかクリストファーが自分から頭を下げに来るなんて」

「……」

「王族であるわたくしに無礼な態度を取り続けるあなたの提案をのんだのは、クリストファーにひとつ借りを作れるからよ。くれぐれも勘違いはしないよう」

「……はい」

「下がりなさい」

頭を下げてその場を辞した。

（借りって、前に言っていた……世継ぎの）

クリストファーへの罪悪感で縮こまる心臓を押さえて、ソフィアは顔を上げた。

（今はできることから始めないと）

王妃の要望を書き出すと十枚にも及んでしまった。そのメモを持って王宮の調理場に赴き、料理長と話をした。

「これで二十回目ですよ」

そう息を吐く料理長には見覚えがあった。よい腕をしていて王太子の婚約者時代にもおいしい料理をつくってくれた料理人だ。すでに六十を超えた彼は深いため息をついた。

テーブルには試作が並んでいる。勧められてひとつ口にすれば、プティフールはさくさくと口の中でほどけた。濃厚なバターの香りが後を引いて、思わずもうひとつ食べたくなってしまう。

「とてもおいしいです！」

心からそう言えば、料理長は目元をゆるませた。

「……王妃様好みにもう少し甘く作り直してみます。伝統とは異なりますが、彩りも明るく華やかにしようかと」

息を吐いた彼にぺこりと頭を下げる。顔を上げたところでふと、棚の上に並んだビンに詰められた色とりどりの木の実たちが目に入った。

「……あ」

そこでひとつ思いついた。それを伝えれば料理長は目を見開いた。

「懐かしい料理だ、それはいい」

「必要なものは用意させていただきますので」

話が落ち着いたところで今度は倉庫に向かう。

埃をかぶっている目当てのものを探してきて会場に運んだ。不安そうに視線をさ迷わせる女官を前に、宰相補佐の肩書と新しく王妃様から責任者になったことを通達してソフィアは言った。

「罰は私が引き受けますから、皆さんはどうぞ自分のことに集中してください」

王妃の指示に沿いながらできるだけ準備の負担が少なくなるように立ち回る。準備は急いでもらいつつ、必ず休憩や食事を取らせた。

王宮に出入りする商人に頼んで、外国からの招待客の国章に準じた花や飾りを手配する。

「いやぁ、こんなに注文してくださるとは有り難い」

バルフォアと名乗った眼鏡の男が言う。

「こちらこそ破格で引き受けてくださってありがとうございます」

ソフィアの言葉に彼は声を潜めた。

「最近では王妃様におもねらない商人には仕事が回ってこなくて……おっと」

彼は帽子をかぶりなおした。

「なんでも言ってください、バルフォア商会は迅速丁寧がモットーですからね」

お茶目に片目をつむるバルフォアにソフィアも笑顔を返した。

王妃がようすを見に来たのはお茶会の三日前のことだった。

「ソフィア、準備は進んでいる？」

「王妃様」

全員で礼をとる。

「皆さんのおかげでなんとか間に合いそうです」

追加の参加者には一軒一軒回って返事をもらったし、料理の手配も済んでいる。壁際にいる女官たちが息をひそめる中、王妃は視線をあちこちに向けながら会場を巡った。

「まぁまぁね。私の指示がよかったのでしょう。ねぇソフィア」

「はい」

うなずくと王妃は手近にあったタペストリーを握った。それを思い切り引っ張ると留めていた鋲(びょう)が外れて飾りが地面に落ちる。

(え)

「まぁ！　こんな留め方をして客が怪我をしたらどうするの！」

先ほどまでの余裕を忘れたように、彼女が頭を下げる一同の前を足音荒く歩く。

「これもダメ。ああ、これも」

その後も王妃は真っ白に洗ったテーブルクロスの上にワインをこぼし、完成間際だった花飾りを床に叩(たた)き落とす。会場がどんどん壊されていく。

「なぁに、この不味そうなもの」

机に並べられた料理長が作ったお菓子、それをひとつ手に取った。

それもすべて床に払いのけた。はずみで、中に種を混ぜ込んだシードケーキが王妃の足元に転がる。装飾のないシンプルなケーキを見下ろして彼女はそれを踏みつけた。

「こんな何の変哲もない地味なものを大事な招待客に振舞うつもり!?　馬鹿にしている

の！」

「……あ、あんまりです！」

ソフィアの隣にいた女官が悲鳴を上げた。無表情にも見える白い顔がくるりと振り返る。

その瞬間、王妃が立ち止まった。

「──今、私に口答えをしたのは、お前？」

「こんな仕打ちひどすぎます、ずっと準備してきたのに……！」

「……だから何」

王妃が女官の頭を摑んだ。

「王妃であるわたくしの心労も知らずに、よくもそんな口を」

「王妃様……っ」

目を吊り上げた彼女が手を振り上げたのを見てソフィアはとっさに間に入った。

パン、という鋭い音とともに頰に痛みが走って、バランスを崩してその場に座り込む。

女官が青ざめた顔で背中を支えてくれた。

「ソフィア様……！」

「ソフィア、私に逆らうの？」

王妃がソフィアを見下ろして唇の端を持ち上げた。遠い記憶の中、告発された舞踏会で、法廷で、首切り場で見たように。

（あれ……）

そう思った途端に動けなくなった。

カタカタと無様なほど身体が震えて、立ち上がることもできない。そのソフィアを見て王妃が顔に喜色を浮かべた。

「会場準備も満足にできない、女官のしつけもできない責任者は鞭打ちの刑に処しましょう、その約束よね」

「ええそうですわ」

「さぁお前、こちらへ」

王妃の侍女たちが女官を突き飛ばすようにしてソフィアの腕を捕らえた。無理やり立ち上がらされて引きずられる。

(――嫌……)

鞭で打たれることは覚悟していた。けれど両腕を摑まれて罪人のように引きずられる格好は、恐ろしい記憶を呼び起こした。

(行きたくない)

嫌だ、怖い、やめて。痛い、痛い、いたい――あらゆる恐怖の感情が心の中で渦を巻く。

兵士の待つ牢屋に連れていかれたときの光景がありありと脳裏によみがえった。

「いや……あ、あぁぁ！」

ソフィアは悲鳴を上げて侍女の手を振り払った。

突然のことに固まる侍女たちも目に入らず、顔を手で覆ってその場にへたり込む。

「あ、あ……」

そこで無様に震える身体がふわりと優しい腕に包まれた。

「ソフィア、大丈夫だよ」

抱きしめてくれる人がそっとささやく。顔を見なくても、ぬくもりと匂いで彼だと分かった。

「ク、リス、……っ」

彼の腕の中で初めてほっと息ができる。まだこわばりは解けないが、強く抱きしめるクリストファーの腕の中で、震えは次第に収まっていった。

「今度は、間に合ってよかった」

やわらかい声が耳をうつ。

ようやく落ち着いたところで、周りを見る余裕ができた。

王妃は恐ろしいものを見る表情で突っ立っている。

（……バレた？）

いやまさかそんな。青ざめるがクリストファーはその視線から隠すようにソフィアを立たせて、自分の後ろにかばった。

「部下の不始末は私の責任です、どうぞ罰は私に」

宰相の言葉に会場がざわめく。そこで料理長が帽子を外して前に出た。

「王妃様、もうおやめください。ソフィア様は宰相補佐の仕事もしながらここまで指揮してくださったのですから」

「お前も打たれたいの？」

「……ええ、もうさっさとやってください」

大きく息を吐いて料理長は自らソフィアの横に立つ。

「それで私は茶会の役を降りますから」

「じゃあ誰が料理をつくるというの！」

「さぁ誰でしょうね」

料理長の言葉に背を押されたように、女官の皆が礼を解いた。

「鞭打ちで、もう準備をしなくていいのですね」

「そのほうがいいと早く気づくべきでした」

「如何様にも」

女官たちが静かに王妃を見つめる。

「な、なによ」

王妃が会場を見回した。

半ば壊れたセット、汚れたクロス、中途半端に落ちたタペストリー、床に散らばる料理。そして自分が踏みつけたケーキを前に震える彼女を見て、料理長が言った。

「どうぞこのまま、『大事な客』をお迎えください」

「――お前たち、全員クビにして……」

「王妃、何をしている」

凛とした声がした。ゲルトが広間にある階段をおりてくる。普段見ることのない彼の険しい表情を前に、王妃が礼をとった。

「茶会の準備の指示をしておりました」

その言葉にゲルトが会場を見回した。

「これが準備か」

「お口出しは不要に存じます」

「だがソフィアへの刑罰はさすがに目に余る」

未だクリストファーの後ろにいるソフィアを彼が見た。

クリストファーが少し身体を離す。ゲルトはソフィアの目の前に立って、先ほど王妃に打たれた頬に指を触れた。

「腫れている」

「……冷やせば平気です」

「君はいつもぼろぼろだな」

ふとゲルトが笑った。

凛とした表情がそれだけでぐっと若くなる。彼の横に立ちたいというその想いだけで過ごした王宮の懐かしい思い出が胸に去来した。

「このまま茶会を開くのはさすがに国益を損ねるのだが、間に合いそうか？」

聞かれてソフィアは会場を確認した。幸い部屋の半分は無事だ。周りに視線を向ければ、料理長も女官たちもうなずいてくれる。

「はい、最後まで我々のみで作業させていただきます」

「手が必要ならばいつでも言いなさい」

そう言ってゲルトはクリストファーを引き連れて会場を後にしたが、広間の一角には王の親衛隊が歩哨として残ってくれた。

王妃はいつの間にかいなくなっていた。

＊＊＊

（あの女……）

王妃は顔を歪ませて廊下を歩いていた。

突然王宮に現れたソフィアをゲルトがやけに気にしていることは知っていた。もともと他人への慈しみの深い男だが、それだけではないことを感じとる。

（まさか、妾妃にでもするつもり？）

結婚をして十数年。渡りは初めの数年だけで最近は執務を理由に寝室にも顔を出さない。

王妃はライバルを蹴落として今の地位にのし上がった。これは実力であり、なるべくしてなった結果で、その道にあった邪魔なものは父と共謀してすべて排除した。

一番覚えているのはグランディル公爵家というずるい後ろ盾で、王太子の婚約者の座を得た女だ。しかも聞けば孤児院育ちの庶子だという。

彼女に友人の顔をして近づき、宝飾品を盗んで周囲の疑心暗鬼を強くさせ、致命的な弱点を見つけた後は丹念に潰してやった。

王があの愚かな女の呪縛から目覚めて己のものになったときの快感は忘れられない。それなのに、色目を使う女は後を絶たない。

「どうにかして、あいつも陛下から引きはがさないと……！」

＊　＊　＊

残りの期間でほとんど寝ずに会場を直し、どうにかお茶会の当日を迎えることができた。華やかな会場に感嘆する各国の招待客を、ソフィアはクリストファーとともにこっそり陰からのぞいた。ここから先はソフィアの出番はない。

王妃は何事もなかったように中心で注目を浴びている。

（なんとかなってよかった）

ほっと胸をなでおろす。そして隣にいるクリストファーを見た。

「クリス、準備を手伝わせたのはわざとでしょう」

問えば、眉を下げた彼が言う。

「さすがに二年連続で散々な茶会では、王妃を追い込む理由にはなるけど国の評判がガタ落ちだからね。でも一番は姉さんの素晴らしさを皆に見せつけたくて……嫌なことを思い出させて、ごめん」

「ううん」

ソフィアはそっとクリストファーの袖を摑んだ。

「クリスが、いてくれたから大丈夫だった」

「姉さん……っ」

抱きしめられる。もう慣れたその行為によしよしと彼の背中を撫でた。

「それなら初めから言ってくれてもよかったのに。あんな回りくどいことをしなくても」

言えば彼はいたずらっ子っぽく破顔した。

「だってそうしたら、お願いするときに好きって言ってくれないでしょう?」

「!」

人を動かす能力についてはまだクリストファーのほうが上らしい。

片付けもすべて終えたある日の午後、ソフィアはゲルトにお茶に呼ばれた。

クリストファーは例によってあからさまに嫌そうな顔をしたが、準備に携わった皆の労について話せるいい機会だと説得する。

渋々了承した彼はその代わりにソフィアの服装を指定した。ほとんど肌を出さない――クリストファーが執拗に痕をつけるのでその方がありがたいのだが――パフスリーブで胸元にはフリルのついたシャツ、下はプリーツが重ねられた長いスカートだ。ジャケットを羽織り、手袋までつけることになった。

場所は庭園や王都を見渡せるバルコニーだ。テーブルには料理長が作ってくれたのだろう美味しそうなお菓子が並んでいた。

「ソフィアのおかげで、各国からも賛辞の連絡があったよ」

「喜んでいただければ何よりです……王妃様の命に逆らってしまいましたが、女官たち皆おとがめなしだったと聞いてほっとしました。陛下が忠言してくださったと」

「それくらいは当然だ」

茶を飲んだ王が息を吐く。

「茶会に関しては私も口が出せなくてね」

「他のことでお忙しいのですから、皆でそれを支えるのは当たり前のことです」

微笑むと、はたと視線が合って、ゲルトは顔を逸らして咳払いをした。

その親しみやすい表情を見る。

彼もクリストファーもいい為政者となった。二人には輝かしい未来があり、ソフィアが肩を並べられたのは過去のことだ。

クリストファーも、今は懐かしい姉の面影を追っているがそのうちに飽きるだろう。そうなれば彼のもとを去ればいいと思っていた。

（その前に、私にできることは）

「陛下、……その」

フリーデの名誉回復。それさえできればクリストファーも無茶なことはしないだろう。

「なんだい？」

「いえ、料理長のお菓子、美味しいですね」

目の前に並ぶシューをひとつ手に取る。パイ生地がさくさくして、上には糸のような細い飴が飾り付けられている。

「そういえばお茶会で懐かしいものを見たな。シードケーキだったか、あの料理はしばらく出ていなかったが」

ソフィアが料理長に言って作ってもらったのだ。地味な見た目だが、プチプチした触感が楽しいのと、種にかけた国の発展への願いを込めて。

「良いことがたくさん芽吹きますようにと前王妃様がいつも作って……」

言いかけた言葉が口の中で小さくなる。

「母上が？」

「あ、いえ、そうおっしゃっていたのを本で読んで」

どっと背中に汗をかく。懐かしさについ口が滑った。

「……そういえば装飾も、前王妃の時代のものによく似て……」

「陛下。お話し中、申し訳ございません」

そこで侍従長が声をかける。はっとしたように王はそちらを見た。

「文官が火急に確認していただきたいことがあると」

「あ、ああ」

夢から覚めたような顔でまばたきをしているゲルトを前に席を立つ。

「では、私は仕事に戻ります。楽しい時間をありがとうございました」

話題がそれたのを幸いと、そっとその場を辞した。

シードケーキの件はもう少し言い訳を考えておこうと決意しながらバルコニーから部屋に入ると、そこには侍女を引き連れた王妃が静かに立っていた。

（今の話、聞かれた……？）

ソフィアがすぐに脇に寄って頭を下げると彼女は何も言わずに踵(きびす)を返した。

＊＊＊

数日後、執務室でゲルトは侍従長に調べさせた書類を眺めていた。

表も裏も己の意図を汲(く)み、あらゆる手筈(てはず)を整えてくれるのは宰相であるクリストファーだったが、今回ばかりは彼を頼るわけにはいかない。

調べた相手はソフィア・ローレンス。

　子爵家の養女で数ヶ月前まで孤児院にいた少女だ。経歴を調べたが特筆するものはない――どこにでもいる孤児だ。育てられないからと勝手に捨てては国が面倒を見ることになり、財政を逼迫（ひっぱく）するやっかいもの。

「礼儀作法を習ったことはないのだな」

「はい。もともと聡明（そうめい）な少女だったと院長は言っていましたが」

　調べさせた侍従長が答える。ゲルトは指を組んで椅子に深く腰掛けなおした。

　なのに一国の王妃でも務まりそうなあの気品はなんだ。それに視察で会っただけの単なる孤児の少女を、数多ある結婚話をすべて断っている宰相が文字通り四六時中離さないのも奇妙な話だ。

　もう一つ。初めて会ったときから感じていた懐かしさは……。

「……まさかな」

　希望的観測に飛びそうになる思考を否定する。

　窓の外はもう暗い。帰りの挨拶にクリストファーが来てから、かなり経っている。

　一緒に暮らしているという彼らはどんな時間を過ごしているのだろう。二人がすでに男女の関係であることくらいはわかる。白くて滑らかな肌のソフィアを組み敷いてひどいことをしているのか……それとも甘い言葉をかけているのだろうか。

　そんな想像を必死で振り払ったところで、ノックの音がした。

「……陛下」

王妃の声だ。入室を許せば、廊下に侍女を待たせて妻が入ってきた。

「どうした、こんな時間に」

笑顔を浮かべながら王妃が近づく。ソファに座る彼の腕に手を添えた。

「ソフィア・ローレンスのことですが」

人払いもせずに話し出した王妃に顔をしかめて、侍従長を下げさせた。

「彼女が何だ」

「追い出してください」

「……何？」

「調べたところ、子爵家の養女とは名ばかりの薄汚い孤児です。それが王宮に出入りしているなんて……追い出すのが最善ですわ」

静かに聞いている彼に王妃が言葉を強める。

「見た目に騙(だま)されてはなりません、何ならわたくしの手で」

「お前は何を言っているんだ」

冷ややかに言ったゲルトに王妃が顔を強張らせる。その頬に手を置いた。

綺麗(きれい)に飾り付けた美しい妃。彼が見たいもの、聞きたいものを用意してくれた共犯者。

……そのために失くしてしまった大事なものを想う。

薄暗い塔の一室で、金の髪がゆらめく幻が脳裏をよぎった。

「追い出す？　冗談ではない」

「勘違いするな、君を娶ったのは罪悪感からだ。お前がどうしようもない行いをするたびに己のふがいなさを感じるためのな」

「わたくしを、愛していたのでは」

その言葉を聞いて彼女がぶるぶると震えだす。

「愛していないから王胤を与えないんだ。君は私の身体の不調と判断して、クリストファーを種馬にしようと思っていたらしいけれどね」

「そ、それは」

王妃として、人の上に立つ者として彼女がふさわしくないことはすでに知れ渡っている。今王宮で話題になっているのは愛らしく聡明なソフィアのほうだ。

彼女が王妃になればいいと言う者があることも聞き及んでいた。

はぁ、と息を吐く。バルコニーに呼んだお茶会で、正面に座った彼女のようすはよく覚えている。綺麗な銀の髪、小さな唇、長いまつ毛に透き通るような肌。ほっそりした腰の形も服の上からよく見えていた。

それに比べて……。

「陛下、それは誤解です、誰かがわたくしを陥れようと……っ」

「君はもう黙ったほうがいい」

真っ青な顔の王妃に言う。

「へ、陛下」

「私が君の不義を公表したら、クリストファー共々この国に居場所がなくなるよ」

「──」

「出ていけ。私が呼ぶまで顔を見せるな」

「し、失礼いたします！」

王妃が部屋を出るのを見送る。

そうだ、交渉する材料は持っている。けれど同時にクリストファーはゲルトの弱みを握っていた。危険を察知すれば、クリストファーはソフィアを伴って違う国に逃れてしまうだろう。

「……一番いいのはソフィアが自分から私のところに来てくれることだが」

暗い部屋の中で彼は静かに笑った。

＊　＊　＊

『フリーデ様』

王宮の廊下で呼びかけられてフリーデは足を止めた。

声をかけたのは顔見知りの侍従で、彼はにこにこと笑って言った。

『殿下が、時間があるなら少しお茶でもどうかと申しております』

『ええ、是非』

朝早くからあった目まぐるしい王太子妃教育のスケジュールがひと段落したところだった。侍従に連れられて執務室に入ると、古株の大臣と話をしていた王太子ゲルトが勢いよく顔を上げた。それを見て大臣が礼をする。

『私はお邪魔のようですね』

『そんなことはない！』

『使いを出されてから、殿下はずっとそわそわしっぱなしでしたからな』

髭を撫でながら大臣が朗らかに笑って、部屋を去っていく。侍従は何事もない顔でお茶の準備をしてそっと壁際に下がった。

『婚約式の準備はどうだい？』

『順調です。皆さんによくしていただいて』

フリーデを国内外に披露するための式典だ。ゲルトの意向で豪奢にデザインされたドレスは何度も衣装合わせをしていた。王宮中の針子が、寝る間を惜しんで作業してくれている。マントもティアラも重いがそれが王太子妃として――ゲルトの隣に立つために必要なものだ。

『フリーデ、こちらへ』

彼が長椅子の横に手を置く。控えている侍女や侍従は視線を外してくれた。恐縮しながら隣に座れば、彼はフリーデの腕に手を置いて己のほうに引き寄せた。そのたくましい肩にそっと寄り添う。

『君がいてくれたら何でもできる』

『……もったいないお言葉です』

　フリーデは微笑んだ。

『王太子妃候補の事件は聞いているか』

『ええ』

　フリーデが見初められる前、次期王妃にふさわしい者をという理念のもとに選定された令嬢が七人ほどいた。だが、そのうちの有力候補が突然の病で亡くなったのを皮切りに、一人、また一人と事故や病気で脱落していく者が相次いだのだ。

　フリーデは出自のこともありそのときの候補に入ってはいなかったが、噂は聞いていた。彼女たちが全員怯え、次は自分ではないかという恐怖で我を失う者も出ているとも。

『何か身の回りで異変があればすぐに言いなさい。君を失うわけにはいかない』

『……嬉しいです』

　心からそう呟く。

　式典も控えて政務に勤しむゲルトを散歩に誘った。

　王宮の庭園を彼に寄り添いながら歩いていると、ふいに傍らの茂みががさがさと動く。ウサギにしては大きな音にゲルトが前に出たところで、顔を出したのはクリストファーだ。

『殿下、姉さん、こんにちは』

　利発そうな少年が服の葉っぱを払って頬をゆるめる。会うのは二週間ぶりだろうか、すぐ後にテディが追いかけてきた。

『申し訳ありません、公爵家からの使いで来られたのですが、部屋から姿が見えなくなって……お二人の邪魔をしてはいけないと言ったのですが』

『いいよ』

ゲルトがそう言って身を屈め、一回りほど年下の少年に視線を合わせた。

『クリストファー、勉強は進んでいるかい？』

『はい。この国を支えるためにいろんなことを学んでいます』

『それは頼もしい』

そんな話をする二人のようすは本当の兄弟のようだ。クリストファーは公爵家に届いたソフィアへの手紙を持ってきてくれたらしい。

『誰かに頼んでもよかったのに』

『いえ、……使用人の手をわずらわせるのもと思って』

クリストファーが口ごもった。そこでゲルトはフリーデを引き寄せた。

『そろそろ行こうか』

『ええ。じゃあクリス、ありがとう』

『はい』

いつも通りの笑顔で返事をするクリストファーの髪を撫でてその場を離れた。

侍従が時計を気にするようすを眺めて、二人きりの時間が終わりかけなのに気づく。

『……姉思いもここまでくると』

『？　どうかしましたか』

『いや、なんでもないよ』

小さく言う言葉に聞き返すと、彼は笑って首を振った。

第六章　不穏

「クリストファー、おはよう」

「陛下」

王宮の廊下でそう声をかけてきたのはゲルトだ。緋色(ひいろ)のマントをひるがえし、堂々と廊下を行く彼にソフィアも礼をとった。

「クリストファー、政務の前に少しいいかい」

「はい」

「明日の会議だが……」

そんな話をしながら遠ざかる二人を、ソフィアは礼をとったまま見送る。

（私の取り越し苦労かしら）

先日、口を滑らせたあともゲルトのようすに変わりはなく、彼の御世は今日も穏やかだ。今さら波風を立てる必要はない。

そんなことを考えながら二人の背中を見ていたソフィアは、周りの臣たちが頬を染めつつ自分に向けている視線に気づいていなかった。いつも宰相のかたわらで守られている少女に声をかけようと一人が近づいたところで。

「ソフィア様、先に執務室へ」

「ええ」

いつも静かに控えているテディにうながされて歩き出す。

中途半端に数歩近づいた臣をテディが睨(にら)みつける。その視線の鋭さに彼が小さく悲鳴をこぼしたことも知らず、銀の髪を揺らしてソフィアは執務室へ向かった。

途中隣を見ると、テディがにこにこしていた。

「……どうしたの？」

「茶会以降、ソフィア様の実力が知れ渡ったことが嬉(うれ)しくて」

「大したことはしていないけれど」

それに結局、最後はクリストファーとゲルトにかばってもらう形になった。

（もっと色々勉強しないと）

そう決意を新たにして書類の整理をしている間にクリストファーが戻ってきた。

「テディ、少しいいか」

「はい」

どこかいつもよりも余裕のない雰囲気で話し始める。ソフィアには聞こえないほど小さな声だ。話し終わって、テディがうなずく。

「少し出てまいります」

静かに礼をしてテディが去っていくのも違和感があった。

「どうかしたの？」

「なんでもないよ、ちょっとお腹が痛くて薬を取りに行ってもらっているだけ」

「クリス」

少し声を強める。

「私は子どもじゃないの。ちゃんと話して」

「姉さんは何も気にしなくていいから」

頭を撫でたクリストファーが視線を逸らす。

「俺も少し出かけないといけなくて。テディか俺が帰ってくるまでは、絶対に外に出てはだめだよ」

扉が閉じられた。

今までにもごくまれに一人になることはあったが、広い執務室の中では時間の経過が遅く感じる。やけに時計の音が大きく響いて、落ち着かずにソフィアは部屋の掃除をしながらうろうろと動き回った。

（そりゃあ私は、今は単なる子どもだけど）

何を知っても受け入れる準備はできている。

それとも、二人から未だに信用されていないのだろうか。

「……クリスとテディの、馬鹿」

その時、かちゃりとドアノブが回る音がした。はっとしてソフィアはドアに駆け寄った。

「お帰り……――」

だが扉の前にいたのはゲルトだった。

彼が直接執務室に姿を見せることは初めてで、慌てて後ろに下がってソフィアは頭を下げた。廊下をちらりと見たゲルトはそのまま扉を閉めた。

「申し訳ございません。宰相は今、留守にしておりまして」

「知っているよ、仕事を頼んだからしばらくは戻ってこないだろう」

「そう、なのですか」

「彼には今、邪魔な人間の始末を頼んでいるから」

目を見開いた。頭に入ってきた言葉がしばらく理解できず、数秒遅れてソフィアは口を開いた。

「……始末、とは」

「文字通りだよ。一緒に暮らしているのに聞いていないのかい」

ゲルトはいつものように穏やかに微笑んだ。

「王族の権力争いは世の常でね。弟を擁立している商人がいるから、気づかれないように排除させることにした。彼らのことだ、うまくやるよ」

心臓が早鐘を打つ。いてもたってもいられずに外に出ようとしたソフィアの手をゲルトが取った。

「ねえ、フリーデ」

「っ」

昔のように呼ばれた名に息をのむ。何も言葉を発せないソフィアにゲルトが笑った。

「やっぱり、……君か」

「ご、ご冗談を」

ぎこちなく笑うとゲルトがソフィアを抱きしめた。強い腕とどこか懐かしさすら感じる彼の匂いに包まれて硬直した。

「君を失ったことを後悔しなかった日はない」

「違います、私はフリーデでは」

「いや、それはもうどちらでもいいよ。私は、君が欲しいんだ」

頤を摑まれて無理やり顔を上げさせられる。

「彼と私は運命共同体だ。暗躍が世間に知られたらどうなるか敏い君ならわかるだろうし、あのクリストファーもわからないはずがない」

「……それは」

「だから相打ちを覚悟で、クリストファーは私を破滅させようとしている」

フリーデが死んでからクリストファーたちが今の地位を得るためにどんなことをしてきたのか……そして何をするつもりなのか、彼らに守られながらおぼろげながら感じてきた不安が一気に噴き出して青ざめる。

震えて何も言葉が出ないソフィアの手を捕らえたままゲルトは続けた。

「彼には今度、最後の任務を任せるつもりだよ」

「最、後……？」

「言い逃れできないように兵隊をそろえて、そこで捕らえて黒い塔で首を斬る」

「陛下！」

「でも、君が私のもとに帰ってくるなら今まで通りだ。公爵家も、君の可愛い弟も」

「……帰って……」

その言葉を聞いて、ふと、笑いがこみあげた。

「ん？」

「私は、いなくなったわけでも迷子になったわけでもないです」

言って、ソフィアは真っすぐに夫となるはずだった男を見る。

「殺されたのです……あなたに」

その瞬間、首を絞められた。

「っん」

息ができずにもがく。だが苦しい以上にぞっとした感覚が走った。ソフィアの首を締めながらゲルトがうなだれ、まるで聖堂で赦しを乞うかのような姿勢で言葉を続けた。

「そんなことを言わないでくれ。王妃を娶ったのは自分への罰だよ、大事な君を一時の感情で失った愚かな自分への。でももう無理だ。なぁ、もう一度私のものになると言ってくれ。私のもとに帰ってくると」

「……私、は」

「街で初めて会った時の懐かしさは間違いではなかった。ひかれあうのも当然だ、私たちは運命で繋がっているのだから」

「へい、か、……」

意識がブラックアウトする直前に手を離されて床に崩れ落ちる。咳き込むソフィアの肩に彼は手を置いた。

「可愛いフリーデ、一週間だけ時間をあげよう」

ゲルトが手の甲でソフィアの頬を撫でた。優しい表情も声も何も変わらないのに、全く知らない人のように思う。

「始末を頼んだのはバルフォアという商人だ。弟の完璧な仕事を確認するといい」

そう言ってゲルトは部屋を出て行った。

「……っ」

両手を握ってソフィアは執務室を飛び出した。

時刻はもう夕方だ。クリストファーたちが出て行ったのは二時頃だっただろうか。

（バルフォアさん……）

お茶会のときに尽力してくれた商人だ。眼鏡をかけた気のいい顔を思い浮かべる。

王弟派ということはあの時も水面下で何か交渉があったのだろうか。穏やかに見える王宮の中で未だそんな争いが起こっていることを考えてしかるべきだったのに。

馬車止めに着く。商会の場所はだいたい聞いていたから御者に伝えればたどり着ける。

「ソフィア？」

そこでよく知る声が聞こえた。

クリストファーがちょうど馬車から降りてきたところで、彼は呆然と立ち尽くすソフィアを怪訝な表情で見て近づいてくる。

「部屋から出ないように言っただろう」

「あ、あの」

「ん？」

そこで彼が羽織っている上着の腕の部分がほつれているのが見えた。まるで、誰かと摑み合いになったような……。その身体に抱きつく。

「……姉さん？　人が見てるよ」

ひそりと声をかけるクリストファーをソフィアはずっと抱きしめていた。

翌日、バルフォア商会の店主が家で変死しているのが見つかったという新聞記事が載った。

第七章　黒い塔

朝の寝室で、読んでいた新聞を畳んで息を吐いたソフィアの髪をクリストファーがかきあげた。

「元気がないね」

「そう？」

髪や肌を撫でる手に身をゆだねて目を閉じる。

——兵隊をそろえて、そこで捕らえて黒い塔で首を斬る。

ゲルトの恐ろしい言葉が頭から離れない。何の躊躇もなく首を絞められた苦しさも。

指の痕が濃くなる前に処置をしたため、首についたそれは他のキスマークに隠れ、執務室で起きたことはクリストファーとテディにはバレていない。

撫でる手をそっと握って、決意とともにソフィアはクリストファーを見た。

「……お父様は、領地に戻られているのよね」

「そうだよ」

社交界のオフシーズンのたびに、その緑豊かな領地の屋敷を訪れた。クリストファーとテディと三人で庭や野山を駆けまわったり、湖のほとりでお話をしたり。器用なクリストファーは花冠をつくってフリーデに贈り、結婚式の真似事もした。

「会いに、行きたいのだけど」

ゲルトの約束まで時間は残されていない。

彼のもとに行けば二度とクリストファーにも父にも会えなくなるだろう。こうなる前にもっといろいろするべきことがあったのだと気づく。

「手紙を書いたら来てくれると思うよ」

「ううん、……カントリーハウスまで行きたい」

ぎゅっとクリストファーの服を摑んだ。

「クリストファーとテディと一緒に。……だめ？」

「ん、っごほ、……ぐ」

赤い顔でクリストファーが咳き込む。

「じゃあ、あれ言ってくれる？」

両頬を大きな手が包む。そのまま可愛く顔をのぞきこまれ、微笑んだソフィアは口を開いた。

「愛しているわ、クリス」

いつもながらテディが迅速に手配をしてくれた。グランディル家の領地であるオルグライト領を走る汽車に乗ることになったのだ。

王都にある駅で、蒸気機関車の黒い装甲を前にソフィアはほうと息を吐いた。

駅舎には様々な人が行き交っている。前世では鉄道はまだ開発されたばかりで、噂に聞いたことがあるだけだった。

この国にも本格的に導入されたというのは、生まれ変わってから知ったが、なかなか見に行く機会もなかった。線路は国中に敷かれているらしく、路線図はまるで美しい幾何学模様のようだ。

鉄道会社の社長が手ずから案内してくれたのは豪華な寝台列車だ。

「特別車両をご用意させていただきました。グランディル公爵様には、線路設営の際にお力添えをたまわりましたから」

一車両を使う客室には天蓋付きのベッドにソファや机まで完備されている。

「こ、こんな車両もあるのね……三等車でよかったのに」

言うとクリストファーが頬を掻いた。

「一応俺、宰相だから身辺の安全確保も兼ねてね」

「護衛としては有難いです」

トランクを楽々運ぶテディがうなずく。彼は素早く荷物を積み込むと、お茶を淹れてくれた。やがて汽笛が鳴って列車が動き出した。

初めて列車に乗ったソフィアには何もかもが珍しく、風に髪が暴れるのも気にせず、窓を開けて流れていく王都の街並みを眺めた。すぐに景色は田園地帯に変わる。領地まではいくつかの駅に停車しながら、二日ほどで着くと聞いた。

そして父に会って王都に戻ってきたら――。

「姉さん」

窓の外を飽きずに見ているソフィアを呼んで、お茶を飲んでいるクリストファーが己の膝を示す。窓を閉めて素直にそこに座り、身をあずけた。

「最近やけに甘えん坊だね」

「……うん」

カップを置いてソフィアを抱きしめるクリストファーにうなずく。

「あのね。どうして前世を思い出したときに国王夫妻に復讐する気持ちが浮かばなかったのか、わかったの。クリスが信じてくれていたから」

もちろんテディも、と付け加える。

「だから、……他の誰に何と言われようと構わなかった」

そしてじっとその顔を見た。

「クリス、抱いて」

彼が目を見開いてソフィアの頬に手を置いた。

「もちろん。どうやって抱いてほしい？」

「何も考えられないくらいが、いい」

「わかった。いつも頑張りやな姉さんを優しく甘やかしてあげるね」

そっと扉が開いてテディが部屋を静かに出ていくのが見えた。ドアが閉まる前に、クリストファーがソフィアの唇に自分のそれを重ね合わせた。


ベッドに座るクリストファーに向かい合ってすがりつきながら、彼の熱を受け入れる。

「ふ、ぅう」

「声、出しても大丈夫だよ。他の客室も離れてるし蒸気と車輪の音でかき消されるから」

「で、も」

「声が聞きたいな」

すでにほぐされて蜜をこぼす入り口は、大きな熱の塊を少しずつ中に飲み込んでいった。

「姉さんが俺のものを自分で受け入れてくれるなんて」

「ん、……っんう」

いつもと違ってさらに奥まで入る屹立に喘ぎながら、キスをした。唇が離れて至近距離で蕩けるソフィアの顔を見ながら彼が微笑む。

「……ふふ、えろいね。あんなに抱かれるのを怖がってたのが嘘みたい」

「誰の、せいで」

「もちろん俺だよ」

嬉しそうにクリストファーは言う。屹立は半分ほど埋まった状態だ。彼は服をはだけたソフィアの身体を支えながらキスをした。はむはむと唇ではさむだけの動作で、彼の唇から少し煙草の味がするのを感じる。

「俺だけの形を覚えて、情熱的に受け入れてくれているんだから」

「言い方……っ」

「事実だから」

ぐ、と腰が打ち付けられて根元まで雄茎が埋まった。赤い顔で荒く息を吐くソフィアにクリストファーがすり寄る。そして腰を掴んで彼が動き出した。

「あ、っあ……は、ぁう……ふあ」

突かれるたびに喉から声が漏れた。弱いところを重点的に亀頭がこすったと思うと子宮の入り口まで突かれてそのたびに背中が反った。

「ん、ぅ」

クリストファーの肩になんとか手を置いて自分でも腰を動かす。不規則な動作はお互いの快楽を増幅させて、彼も熱い息を吐いた。腰に置かれていた手が肌を滑ってお尻の双曲から太腿にたどり着き、少し開かせる。さらに奥へと潜り込むように熱が穿たれ、下生え同士がこすれ合った。

「ん、ん、……っは、……あ」

「ふぅ——……」

クリストファーが片手をソフィアの背中に回し、肩に顔を埋めて長く息を吐く。

脳が蕩けそうなほど甘い時の中で、素直にその身をあずけた。宣言通りソフィアの快さだけを引き出すようなぬるい睦みあいの時間が続くが、彼の熱はいよいよ硬く大きくなっていた。ずっとこのまま抱き合っていたいけれど、クリストファーの頬に汗が浮かぶのを見てそっとぬぐう。

「……もっとひどくしても、いいよ？」

「そんな可愛い顔で言わないでほしいなぁ」

我慢しているのかクリストファーの頬は赤い。欲のにじむその目元に口づけた。

その途端、ベッドに押し倒されて肌を重ねながらキスをする。ソフィアもそっと足を彼の腰に回したところでクリストファーが動き出した。

「ん、ぁ、あう……」

「っは、……」

知らず待ちわびていた強い刺激にすぐにぞわぞわとした感覚が背中を駆け上がる。ベッドの上で身悶(みもだ)えながらクリストファーを受け入れるソフィアは何度も軽い波を越した。

「っ、は……あ、っもう、……」

今まで感じた何よりも大きな快楽を予感して、目から生理的な涙がこぼれた。それを舐(な)めながら荒い息でクリストファーがソフィアの胸をこねる。

「ひゃんっ、ん、……ふ、ぅ」

性感帯を刺激されて腰が跳ねた。受け入れているところから卑猥(ひわい)な音が大きく響いて、すぐにでも達してしまいそうというところで、列車が止まった。

駅名と乗り降りする乗客の声が窓から漏れ聞こえてくる。車輪の音にかき消されない状況に思わず動きを止めたソフィアを、クリストファーは気にするようすもなく責め立てた。

「待っ、っは、ぁ……声、聞かれちゃ……」

「だって姉さんの中、すぐにでも達するくらい締まってて」

「待って、れっしゃ、出てから」

「逆に興奮してるでしょ、いつもよりいいよ」

「くり、す！　っひゃう」

彼を受け入れているところのすぐ上にある愛蕾を指がこねる。

二人分の液をすくいとってぬるぬると撫(な)でられ、びくっと身体が痙攣(けいれん)した。その上ゆっくりと抜き差しされてソフィアはシーツの上で身悶えた。

「やら、……っ、まって、え」

「はぁ……中までガクガク震えて可愛い」

「ば、ばか、ぁ」

「愛してるよ、姉さん」

指で愛蕾とつんと立った胸の頂を弄りながら、彼が耳元でささやく。

「――っ……う」

「好き、大好き」

吐息が耳にかかって舌が差し入れられる。もったいぶるように耳殻を舐められて、雄茎が打ち込まれた。

「――……や、……――」

嬌声（きょうせい）が列車の汽笛音にかき消される。すぐに蒸気の音を響かせてまた列車が動き出した。目の前が真っ白になるほどの快さに痙攣するソフィアを強く抱いて、クリストファーは中に白濁を放つ。しばらく二人ともそのままでいたが、クリストファーが身を起こした。くたりとしたソフィアを抱いた彼が水を飲む。そして口を合わせた。

「っん……」

冷たい水が心地よくて夢中でそれを飲んだ。ぼうっとする視界で、もう一度コップの水を口にふくんだクリストファーに自ら唇を合わせる。

「……っ、ん」

少しずつ呼吸が整ってきて、ソフィアは涙目でクリストファーを睨んだ。

「や、やさしく、するっていった……！」

「ええ？　ひどくしてもいいとも言ってたけど」

本当にああ言えばこう言う弟だ。

「知らない！」

かすれる声で叫ぶと、クリストファーがそっと指でソフィアの首を撫でた。ゲルトのことを思い出してわずかに緊張するが、指はそのまま背中に回った。

「やめる?」

「……」

聞かれて、観念して彼の胸に顔を埋めた。

「もういい。今日は、……クリスにずっと抱かれたい」

これが最後だ。

ホテルに戻ればまた監視があるから――領地で父に会えたら、クリストファーたちを残し、身を隠して王都に戻るつもりだった。

半ば朦朧(もうろう)とした意識で言って、ちゅ、と触れるだけのキスを何度も繰り返す。

そしてゆっくりと自分の中に埋まっていた熱杭を抜いた。

「姉さん?」

また半ば立ち上がっているそれを布で拭き、ソフィアは口を開いた。

「っ」

先端を口に入れるとクリストファーの身体が飛び上がった。

「ね、ねねね姉さ……っ」

「……ん、ぅ」

手で支えて、もう少し竿(さお)を含もうとするが身体が拒否反応を起こしてどうしてもそれ以上は入らない。

「は……ぅ」

仕方なく舌で舐めるとクリストファーがソフィアの肩を摑んで口を離させた。こちらを見る顔は真剣そのものだ。

「無理、しなくていい」

「……」

牢屋での凌辱の詳細をクリストファーはどこまで知っているのだろうか。散々彼に抱かれてきたけれど、身体の繫がり以外の愛撫を強要されることはなかった。

けれどソフィアはそういう性交があることも知っている。……文字通り身をもって。

「初めては、全部クリスがいいなって思って」

「っぐ」

クリストファーが胸を押さえた。そしてしばらくそのままカタカタと震えた彼は、しばらくして大きくため息をついた。

「……それは、おいおいね」

そう言ってソフィアを押し倒してまた唇を重ねる。

「ん、っん」

「……は、……姉さん、舌出して」

「ん」

キスも、牢屋で数え切れないほどした。あの時は吐きそうで嫌だったけれど。

「……クリスとのキスは、嫌じゃない」

「っあああもう！」

たくましい身体に抱かれながら喜びを享受する。

窓を閉めてカーテンを引いた外はもう夕方になっていた。いくつかの駅に停車する外の音も聞こえたけれど熱に蕩けながらずっと睦みあっていた。

「あ、あ……っん」

身体が溶けてしまいそうなほど愛されて、どろどろになった身体で気絶しては抱き合って眠って、また交わるのを繰り返す。そして目的地に到着した。


「クリストファー、テディ、よく来たね」

館の前で迎えてくれた父は髪に白いものが多くなっていたが、温かい笑顔は昔と変わっていなかった。

「でも、仕事で忙しいのではなかったか」

「繁忙期も過ぎましたし、陛下から特別に休暇をたまわりまして」

そんなふうに話しているのを見ていると、父がソフィアに身体を向けた。

「君は、ソフィア……だったかな」

「はい」

遠い昔、彼から学んだ礼をとる。

「ソフィア・ローレンスと申します。突然の訪問をお許しください」

声がないのに気づいて少し顔を上げると、父はソフィアを眩しそうに見ていた。

「構わないよ。何せクリストファーの花嫁だからね」

「！」

「こんな可愛いお嬢さんが息子の嫁だなんて幸せだなあ。さ、入って」

上機嫌で父は館に戻る。その背中を見ながらソフィアはクリスの服を引っ張った。

「く、くくくりす、何を」

「だって久しぶりの帰郷に女性を連れて行くと言ったら、それしかないでしょ」

クリストファーが未だはめられたままのペアリングを示す。

「それとも父さんに、フリーデ姉さんだって伝えたほうがよかった？」

「う、……」

もちろん正体は明かせない。苦労をかけた父には尚更。

館は石造りの四階建てだ、公爵位から退いた父はここで少数の使用人とともに暮らしている。手入れの行き届いた館の中を歩く。クリストファーが危惧していたように、前世で見知った場所を訪れたらどう感じるのか自分でもわかっていなかったが、不思議と思い出すのは楽しかった記憶ばかりだ。

これならば王都のタウンハウスも一目くらい見ておくべきだった。

（ああ、そっか）

せっかくの違う人生なのに、過去に一番囚われて、目を背けていたのが自分だったことに気づく。可能性を狭めていたのはソフィア自身だったのだ。

父自ら自慢の図書館や領内を案内してくれて、時間はあっという間に過ぎてしまった。ディナーには新鮮な雉肉のローストが出て、皆で舌鼓を打つ。領内で栽培されているブドウから作ったワインもふるまわれ、家族四人でにぎやかな夕食となった。

サロンルームにうつり、音楽を聴きながらソファに座っていろんな話をする。終始上機嫌の父は、そのうちにうたたねを始めてしまった。

「お酒が弱いところも相変わらずね」

変わらない寝顔を見てくすくす笑ってしまう。気づけばもう夜も遅い。クリストファーが使用人を呼んで、父を寝所に運ばせた。

「俺たちもそろそろ寝ようか」

「ええ」

結婚の挨拶に来た名目とはいえさすがに部屋は別々だ。

クリストファーは昔使っていた部屋を、ソフィアはお願いして昔フリーデが泊まっていた部屋を客室としてあてがってもらった。

さすがに荷物は片づけられていたがベッドはそのままだ。窓を開けて、月明かりを浴びながら窓辺の椅子に腰かけた。

優しい夜風が顔を撫でていく。遠くの森まで見える窓の外には、あの頃と変わらない風景が広がっていた。

ふと震えている自分に気づく。

首元に手を置いた。そこにはクリストファーの愛撫の痕に混ざって、ゲルトの指の痣が まだ残っている。執務室で彼に首を締められたときの苦しさと恐ろしさに寒気がした。

ゲルトのものになるということは彼にも抱かれるのだろうか。そして気に食わない態度をとればああいうふうに逆上して首を……。

（……平気）

列車で、クリストファーと一生分の時間を過ごした。何があってもこのぬくもりが消えることはない。彼のためならもう一度死ぬことなど、怖くない。

小さく息をついて立ちあがる。窓から身を乗り出すと、三階の窓の下には大樹が枝を広げていた。視線を横に向ければ灯りがこぼれる隣室の窓が見える。

クリストファーの部屋だ。まだ光が煌々とついている部屋を見て、ソフィアはそっと窓を閉めた。

翌朝は早々に屋敷を出た。領内から王都へ向かう列車は一日に二本しか運航していないためだ。帰りも特別車を出すと言われたが、これは断っていた。

父にお土産をたくさん持たされて荷物が増えたが、テディは難なくそれを列車に運び込む。プラットホームには王都ほどではないが、たくさんの人が別れを惜しんでいて、一等客室に座ってじっとしていたソフィアは発車直前の時間を確認して席を立った。

「お手洗いに行ってくるわ」

「俺も」

「……中までついてくるつもり？　すぐそこよ。テディも来るなんて言わないわよね」

一等室のすぐ外にあるお手洗いの扉を示すと、腰を上げかけたクリストファーは席に座りなおした。テディも軽く咳ばらいをする。

「じゃあ行ってくる」

少し頬を膨らませながら新聞を読むクリストファーと、かたわらでお茶を淹れるテディの姿を眺めて、ソフィアはゆっくりとした足取りで一等室を出た。

そのまま素早く二等客室に紛れ込んで、発車ベルと同時に列車を降りた。

大きな汽笛を鳴らしながら去っていく列車をホームで見送る。同じようにホームに立って手を振っていた人々は、蒸気の煙が見えなくなったところで三々五々散っていった。

（……クリス、テディ、ごめんなさい）

今頃、戻ってこないソフィアを探しているだろうか。それしか方法がないと思っていたけれど、罪悪感で胸がいっぱいになる。

「ソフィア様」

声をかけられたのはしばらくして。振り返ると侍従長がうやうやしく被っている帽子を持ち上げた。

「陛下のご命令で参りました。どうぞ車に」

「……ええ」

いつから見られていたのだろう。

うながされるまま、駅舎の外に止まっている車の段に足をかける。乗り込む直前、窓に木の板が打ち込まれているのに気づいて動きを止めたが、何事もない顔で座った。

光の入らない暗い車の中ではランプだけが頼りだ。

動き出したエンジン音を聞きながら、ソフィアは静かに目を閉じた。


懐かしい夢を見た。

クリストファーと初めて会ったときのことだ。

神様は彼をことさら丹精を込めてつくったのだろう。こんなに綺麗(きれい)な子がいるのかと驚いた。

人形のような肌、金糸の髪にサファイアのような目。少しでもずれていたらすべて台無しになってしまうような繊細な顔立ちは、どんな天使の像よりも美しい。上等な服に細身の身体を包んで、陽光の中キラキラ輝く彼を前にソフィアは――フリーデは言葉を失ってしまった。

『今日から君の姉さんだよ』

父の言葉に彼がフリーデを見る。その口が開かれた。

『はぁ?』

眉をひそめた顔すら美しい。見惚れている隙に彼は部屋を出て行ってしまった。

新しい母が叫ぶ。

『待ちなさいクリス!』

あの子そっくりの麗しい夫人は、息子を見送って息を吐いた。

『まったくもう』

機嫌を損ねてしまったのは自分の存在だ。フリーデはおろおろと視線をさ迷わせた。

『お父様、お母様、やはり私には公爵家の養女なんて務まりません』

小さくなるフリーデに夫人が微笑む。

『あの子の態度は気にしなくていいわ、ちょっとわがままに育ってしまったの』

そんなことはない。公爵家の跡継ぎとして、彼が責任感と義務をもってまじめに取り組んでいることはすぐにわかった。だからこそ彼は親の不義の証であるフリーデを受け入れられないのだ。

公爵家ではなるべく距離をとって、自分ができることに集中した。執事のグリース含めて屋敷の使用人たちはそんなフリーデをあたたかく見守ってくれた。

夫人が亡くなったのは流行り病のためだ。優しく、厳しく、実の子のように扱ってくれた彼女は、母の記憶がほとんどないフリーデにとってはまさしく母親そのものだった。

葬式が終わった後、クリストファーの姿が見えなくなって屋敷の皆で探した。もし外に出て、事故にでもあっていたらと思えば気が気ではなかったフリーデは、庭の片隅で小さくうずくまる彼の姿を見つけて、ほっと息を吐いた。

とっさになんと声をかけようか迷う。誰かに伝えたほうがいいだろうか。

けれどいつも気丈な彼の肩が震えているのを見て、たまらず傍らに膝をついてそっと手を伸ばした。

『疫病神！』

すぐに振り払われる。顔を上げた彼が大粒の涙をこぼすのを見てフリーデは眉を下げた。

『……ええ』

堪えていたフリーデの目から涙がこぼれる。

それを見てクリストファーがぎょっとした顔をした。

『な、泣くなよ！』

『ごめんなさい、私が、この家に来なければよかったのに……』

フリーデが泣くのはおかしいのに、一度こぼれた涙は止まらなかった。優しい夫人に、もう二度と会えないなんて信じられない。

『――病気なんだ、大勢亡くなっている……お前のせいじゃ』

不器用に慰める言葉を聞くが止まらない。彼の声にも涙声が混じって、最後には二人で抱き合ってわんわん泣いてしまった。

その夜はどちらからともなく寄り添ってベッドに一緒に眠った。

それから少しずつ距離が近づいていった。フリーデは慕ってくれるクリストファーにふさわしい姉であろうと一層の努力をした。彼の青いきらきらした目で見られるたびに誇らしい気持ちになって、行儀作法もピアノのレッスンも頑張った。

デビュタントが決まったのは十五のときだ。

(公爵家の、クリストファーの姉として恥ずかしくないように)

それだけを胸に抱いて、フリーデは舞踏会へ足を踏み出した。

ゆっくりと髪を撫でる手で意識が浮上した。

(クリス……?)

ベッドで寝ている自分を知る。目を開くと目の前に大きなシルエットがあって、身じろぎすると彼は手を離した。

「起きたかい?」

「あ……」

目の前にいるのはゲルトだった。

（え、……と）

時間の感覚がひどくあいまいだ。車に乗った後、眠気に襲われて……。

「待っていたよ」

周りを見回す。おそらく王宮のどこかの一室なのだろう、厳重な扉を開けて侍従長と兵士がちょうどソフィアとゲルトのいる部屋を出ていくところだった。

「フリーデ」

起き上がったソフィアの頰にゲルトが手を添える。

「クリストファーとの別れは済んだかい」

「……はい。寛大なお心、感謝いたします」

「おいで」

ベッドの端に座るゲルトが両手を広げる。近づくと腕を摑まれて、そのまま彼の膝の上に乗った。抱き寄せられて身体がぴくんと動いた。

「震えているね、怖いかい」

「……いえ」

（落ち着いて……）

動揺を悟られまいと気持ちを落ち着かせる。それでもクリストファーではない手と匂い、腕の中で、震えを抑えるのが精一杯だった。

「正直なところ、生まれ変わりというのを完全に信じてはいないのだが……こうしていると、確かに君だと感じるよ」

ゲルトは大きく息を吐いた。ソフィアの銀色の髪をかきあげた彼に顔を上げさせられて、正面から目が合う。

すぐ前にあるゲルトの瞳には不安そうなソフィアがうつっている。無理やりぎこちなく笑うと、ゲルトも微笑んだ。

「取り戻せてよかった」

もう一度強く抱きしめられた。ソフィアもそっと目を閉じて、その身体に身を任せる。

「……私が愚かだった。今度こそ大事にするよ、フリーデ」


ゲルトを抱きしめて一緒のベッドで寝て、朝早くに執務に出て行く彼を見送る。そんな新しい日々が始まった。

初めに感じた通り、今いる部屋は王宮の一室だろうと窓から見える景色で判断する。けれどその窓には鉄格子がはめられて部屋の外には見張りの騎士が立った。

そんなことをしなくともソフィアには逃げる気はない。

クリストファーの立場を危うくする材料をゲルトは持ったままだ。ソフィアがここにいるだけでその破滅を防げるなら、これ以上望むものはないのだから。

そのためなら、いくらでも従順になれる。

「ああ、その服よく似合っているね」

「ありがとうございます」

ゲルトが用意してくれた服は、婚約者時代に身に着けていたものと同じデザインのものだった。針子に仕立て直させたというそれを着て、執務の途中で部屋に来る彼とお茶をし、夜は膝に乗ってその日の出来事を聞く。楽しそうに笑って話をするゲルトの姿は当時を思い出させた。

籠の鳥となって五日が経った頃、ゲルトがクリストファーたちのようすを聞かせてくれた。

何も言わずに出てきてしまった後、彼は捜索の手を尽くしてソフィアを探し、政務に全く身が入っていないらしい。

列車から勝手に降りて以来行方がわからないのだから、当然と言えば当然のことだ。

膝に乗るソフィアの髪を撫でながら話すゲルトに、ソフィアはぎゅっと手を握りしめた。

「陛下」

「ん？」

「……私がここにいることを、クリスに伝えてもよろしいでしょうか」

ゲルトがソフィアを見る。

「私のものになったと彼に伝えるんだね」

こくりとうなずくと、ゲルトは微笑んでソフィアの胸元に顔を埋め、腕の力を強めた。

「ああ、それがいい。生きていることがわかれば安心するだろう。本当に、するべきことをわかっている……やはり王妃になるべきは君だった」

「もったいないお言葉です」

手を伸ばしてゲルトの背中に腕を回した。白いものが混じるゲルトの髪をそっと撫でていると、それで安心したように彼が息を吐き出す。

政務で疲れているのだろう、しばらくしてゲルトはそのまま眠ってしまった。


翌日、ソフィアは部屋から騎士に連れられて、王宮の一角にある応接室にやってきた。丁重に扱われているがやはり監視の目は厳しく、真後ろとドアに見張りが立つ。

座って静かに待っていると、やがてゲルトとともにクリストファーが現われた。

立ち上がって彼の顔を見るとクリストファーは目を見開いた。

「姉さ……っ、ソフィア」

「クリス」

わずかに見ない間にやつれたと思う。その頬に触れたい衝動を堪えた。

こちらに駆けだそうとしたクリストファーを騎士がおさえて、近づいてきたゲルトがソフィアの肩を抱き寄せた。

「どうした、姉さんと呼んでいいんだぞ」

ゲルトが愛おしそうにソフィアの髪に口づける。

　ぴくりとクリストファーの目元が動いた。

「……私に黙っていたのは腹立たしいが、こうして元に戻ったならいいとしよう。それがフリーデの望みだからな」

「ありがとうございます、陛下」

　わずかに膝を落として挨拶をする。ソフィアはゲルトに寄り添って口を開いた。

「クリス、何も言わずに逃げてごめんなさい。でも私はやはり陛下のそばにいるのが幸せなの」

「……本当に？」

　挑発するようなクリストファーの言葉にぴくりと肩が動いた。

「クリストファー、どういう意味だ」

「本当に、陛下のそばで幸せ？」

　問いかけるゲルトに眼もくれず、クリストファーがソフィアを見て一歩前に出る。そこでぐっと腰を引かれた。あ、と思う間もなくゲルトと唇が触れ合う。ソフィアの頭を抱えてゲルトが舌を差し入れた。

「っ」

　びくっと反応してしまうのを堪えて彼の舌を口内に招き入れた。

（……ん）

　見せつけるように吐息を絡ませて舌が触れ合う。腕の中でかたかたと震えるソフィアに気づいたのか、ゲルトが口を離した。

「フリーデ、約束が違うぞ」

「っ」

耳元でささやかれて、顔を上げた。ゲルトの頬に手を置いてもう一度、今度は自分から唇を重ねる。恋人がするように何度も唇を食んだ。

「姉さ……」

視界の端でクリストファーが青ざめて震えているのが見えたが、目を閉じて残像を追い払った。永遠のように感じるキスは、リップ音と余韻を残して終わる。

「は……ぁ」

「フリーデは、私を選んだ。そうだな」

「……はい」

クリストファーの顔を見られず、ゲルトの胸に顔を埋めて返事をした。荒く肩を上下させるソフィアの髪を撫でてゲルトは言った。

「クリストファー、わかったらさっさと仕事に戻れ」

「……失礼、します……」

聞いたことのない弱々しい声とともに気配が遠ざかる。ちらりと振り返ると、クリストファーはふらふらした足取りでドアに向かっていた。

そして、騎士の手で開けられた扉の先には、王妃が立っていた。

(王妃様)

彼女の傍らをうつむいたまま通り過ぎるクリストファーに同情のまなざしを向けた王妃は、侮蔑を隠そうとしない顔でソフィアを見た。

「卑しい泥棒猫が」

それだけを吐き捨ててその場を去る。

「あ……」

「放っておきなさい、もう王宮でも貴族でもあれの味方をするものはいないよ」

「……」

ゲルトの腕の中でぎゅっと目をつむる。

(クリス、ごめんなさい……でも、私はこうするしか)

王妃は今ごろクリストファーの後を追っているだろう。慰める言葉をかけられたその後に何が起こるのか、今のソフィアには知る術がない。

自分で決めたことのはずなのに胸が押しつぶされる。

「……う……」

耐え切れずに涙がこぼれた。まばたきでなんとか泣いているのを悟られないように、息を整える。

それを冷ややかに見下ろすゲルトの視線にソフィアは気づいていなかった。

＊＊＊

王妃は廊下を乱暴な足取りで歩いていた。

ここしばらくのゲルトの不自然な動きはすぐに気づいていた。執務室で仕事ばかりしていた男が、昼も夜も時間を見つけては王宮のどこかに姿をくらますのだから。

侍女に命じて、彼が足しげく通う部屋を突き止めたのだが、騎士が常に見張っていて中を覗き見ることすらできなかった。

そして今日、クリストファーを伴うゲルトの後をつければ、案の定その秘密を暴くことができた。

(あの部屋でソフィアを飼っていたのね。どうして王妃であるわたくしが、騎士ごときに足止めをされなければいけないの!)

だが、今大事なのは、よろけるように廊下を歩いているクリストファーだ。

「なんてふしだらなのかしら、ねぇクリストファー」

追い付いて声をかけた。

先日、休暇をとって戻ってきてから、誰の目から見ても明らかなほど憔悴している彼は王妃を見て立ち止まった。

「……殿下」

切れ長の目が涙で歪む。王妃の肩に頭を置いて弱々しく息を吐いた彼の、たくましい背中をゆっくりと撫でた。

「かわいそうに、クリス。お気に入りの補佐官を取られて」

「補佐官」

ふと笑う気配があった。

だが顔を上げた彼はやはり弱り切った表情をしている。

この数日でやつれた頬に王妃は手を置いた。今まではなんだかんだと理由をつけて紳士的に手を振りほどいてきた彼だが、今日は大人しく目を閉じた。

神に愛された、と称賛される美しい顔立ちの彼の、こんな姿は見たことがない。まるで愛らしい子鹿のようだ。

「私でよければ、なんでも相談に乗るわ」

「……本当ですか」

「ええ、もちろん」

舌舐めずりするのを堪えて、王妃は嗤った。

＊　＊　＊

クリストファーと離別してからも、ソフィアの囚われの身は変わらなかった。ただ、クリストファーは宰相の仕事に戻り、前よりも精力的に働いているという話を聞く。

（これでいい）

そんなある日、いつものように夜に訪ねてきたゲルトが言った。

「ここにきてしばらく経つだろう。そろそろ、君を抱きたい」

「……ええ」

覚悟は決めていた。

差し出された手を取るとゲルトはソフィアを伴って、寝室ではなく扉へと足を進めた。

「陛下？」

あれだけ堅牢だった扉はあっさりと開いて、立っている騎士の前を通って廊下へ出る。

寝る支度を整えたソフィアは薄い寝間着にショールを羽織っているだけの格好だ。この辺りは王族と使用人だけが使う区域とはいえ戸惑った。

「人払いをさせているから、服は気にしなくていい」

彼の言うとおり深夜の王宮に人の気配はない。手を握ったままの彼と歩調を合わせる。

（一体どこへ……）

ゲルトは王宮の奥から出ても足を止めない。クリストファーやテディと何度も行き来をした回廊を通って――ソフィアはゲルトが向かっている場所にようやく気づいた。

王宮の端、見る者を威圧するようにそびえたつ高い塔。

ソフィアが処刑された、あの黒い塔のすぐ近くまで来ている。

「へ、陛下……あの、私……」

　喉がカラカラになって言葉に詰まる。みっともなく震えて足を止めたソフィアの腰を
そっとゲルトが支えた。

「私たちの初夜にふさわしい場所を用意したよ」

　そうささやくゲルトの頬はやけにひくついて、歪んだ笑みをつくっていた。

「っ」

　踵を返そうとしたソフィアを簡単に引きずって彼が足を進める。

「っ、お許しください！　あそこだけは嫌……っ」

　泣き叫んでも誰もやってくる気配はない。ソフィアの訴えも耳に入っていないようで、
ゲルトは黒い塔に足を踏み入れた。

「あ、……あ、あ」

　螺旋の階段を引きずられていくソフィアの目に塔の内部がうつった。十六年前と何も変
わらない、囚人を入れておく牢屋に拷問部屋、尋問室――初めて連れてこられたときの恐
怖がよみがえって呼吸もできなくなる。

「お許しください、お願いです！」

「安心しなさい、処刑などはしないから」

　そう言って微笑むゲルトがこの世の何よりも恐ろしく感じる。

「嫌なのです、っここだけは……」

「ここでないと駄目なんだ」

そして彼はひとつの扉を開いた。

石造りの壁、窓にはまった鉄格子。そこから見えるわずかな空――一気に記憶がよみがえってくる。前世で最後の時を過ごした黒い塔の牢屋だ。

「……あ……あ」

呼吸が荒くなる。ガタガタとみっともなく震え始めたソフィアをゲルトが抱き寄せた。薄い布越しに身体の線を確かめるように手がなぞって、頰に口づけが落ちるたびに身体がこわばる。

「クリストファーはどういうふうに君を愛したのかな」

ゲルトがソフィアの腕を握った。強い力に骨が軋んで痛みに眉をひそめるが、彼はそれに気づいたようすはなく己の顔を近づけた。

「前世で結ばれることのなかった、愛する者同士の時間は愉しかったかい」

「――……え」

「君はクリスを、半分血のつながった弟を愛していただろう」

その言葉にソフィアは青ざめた。

「君が王太子妃の誘いを受けたのも、彼と公爵家のためだ。私をちっとも愛していないことなどわかっていたよ……わかっていて、見ないふりをしたんだ」

「そんな、ことは」

胸が嫌な鼓動を打つ。喘ぎながら話す声は小さく虚空に消えていく。

「けれど私には向けない笑顔を君が弟に向けるたびにたまらなく狂おしかった。そんな心を、王妃に見透かされたんだ」

薔薇（ばら）園でのゲルトとの二人きりの秘密の会話。王太子の婚約者としての厳しい生活。そして黒い塔で静かに目を閉じた瞬間を思い出す。

フリーデは前世で確かに王太子を愛していた。

公爵家のために愛さなければならなかった……なぜなら愛していたのはクリストファーただ一人だったから。

その歪んだ心を、王宮という恐ろしい場所は見逃さなかったのだ。

言葉もないソフィアをゲルトが突き飛ばす。床に手をついたところで彼が外に向けて声をかけた。

「入ってこい」

ぞろりと複数の人の気配を感じた。そこにいたのは帽子を被った兵士が数人。

「へい、か……？　いや、……っ」

息を荒くした兵士に腕を摑まれる。硬い床に強引に押さえつけられた。

「ひっ」

「見ていたよ、あの時」

ゲルトは顔に笑みを張り付けて、牢屋の片隅に置いている椅子に腰かけた。

「フリーデが散々犯されるのを見て、それ以来、他のことでは興奮しなくなった」

「――離して！　いや、……――」

「そして神はもう一度君を私に引き合わせてくれた。さぁ、またあの美しい姿を見せておくれ。その後に存分にまぐわいあおう」

　数人がかりで動きを封じられる。手首を押さえた兵士が上からのしかかり、ソフィアの首筋に顔を埋めた。冷たい唇が触れる感覚がしてびくっと身体を震わせると、その兵士がそっと顔を近づけた。

「ソフィア様」

　聞こえてきた、よく知っている声に目を見開く。

「……テデ、ィ？」

　至近距離で穏やかな瞳を見返した。

「少し辛抱してください」

「……っ」

「おい、独り占めするな」

　にやにや笑う兵士の一人がテディの肩に手を置いた瞬間に、彼は素早くそれを摑んで地面に叩きつけた。

「な、……おい！」

　次いで、完全に油断していた違う兵士の胴に鋭い蹴りを入れる。恐る恐るソフィアが身体を起こす頃には、テディは狭い牢屋で全員を気絶させていた。

「いたいけな少女を手籠めにしようなんて、陛下もよくやりますね」

そこで牢屋に入ってきたのはクリストファーだ。とっさに逃げようとするゲルトの腕を摑んだ彼が、流れるような動きで足払いをかけてその身体を床に押さえつけた。背中に膝をつけてその首に手をかける。

「――よくも、姉さんの首を絞めたな」

暗い牢屋の中でも爛々とその目が光るのが見えた。

「待って、駄目！」

とっさに叫ぶと、クリストファーは渋々、といった表情で手を離した。押さえつけられたまま大きく咳き込むゲルトを、テディが素早く拘束する。

「お前たち、こんなことをしてただで済むと……！」

「思っているから、しているのですが」

テディが答える。何が起こっているのかまだ理解が追いつかない。けれど冷ややかな目でゲルトを見る二人の姿は本物だ。

クリストファーがくるりとソフィアに向き直る。微笑んだ彼が、床にへたりこんで乱れた服をおさえるソフィアの髪を撫でた。

「姉さん……俺から離れられると思った？　こんなことさえしなければ、あいつをもう少し泳がせてもよかったのに」

「……」

ソフィアは蛇に睨(にら)まれた蛙(かえる)の状態で固まった。笑うと色香とともにすごみが増して恐ろしい。だらだらと背中に汗が流れた。

「い、いつから気づいていたの」

「初めから。侍従長は金で買収していたから」

「……ええと」

「健気に最後の時間だって信じて、列車のベッドで何でもしてくれる姉さん、可愛かったなぁ」

「クリス！」

うっとりと話すその口を慌ててふさぐ。

「はは、……ははは」

牢屋に不気味に笑い声が響いた。床に這(は)いつくばり、髪を乱したゲルトが叫ぶ。

「クリストファー、お前の魂胆はわかっているぞ！　私を陥れて王の座に着くのだろう？　だが暗殺で手を汚したお前が無事に済むはずがない。一緒に地獄へ落ちるんだ！」

「陛下……っ」

前に出ようとしたソフィアをクリストファーが捕まえて、頤(おとがい)を摑んだ。

「え……ん、んっ？」

性急に唇が触れ合って舌が中に入り込んだ。テディがさっと顔を背けるのが視界の端に見えて、クリストファーを離そうと藻搔くが、足が半ば宙に浮いていて逃げられない。

唾液をたっぷりと絡ませては口の中を何度も愛撫され、擦れ合う唇はひりひりしてきた。

「ク、リス……」

「は……」

未だキスの間の呼吸に慣れないソフィアの限界でわずかに休憩してくれるが、すぐにまた再開される。

「ふ、う」

何より……キスだけなのに散々クリストファーの熱情を受け入れたところが反応してすぐにとろりと蜜がこぼれるのを感じた。こんなはしたないところを皆に知られたらと思うと、恥ずかしくて顔を上げられない。

「……ん、ぅ、……」

唾液が繫がりながらようやく唇が離れて、ソフィアは息も絶え絶えに喘いだ。

「……クリストファー、貴様！」

床に押し倒されたままのゲルトが叫ぶ。はっとして振り返ろうとするが、頭をクリストファーに摑まれた。

「俺とのキスで蕩けた可愛い顔、あいつに見せちゃダメ」

（う、う）

拗ねたように言ってクリストファーがソフィアの顔を胸に押し付ける。そしてソフィアの寝間着をつまんだ。

「そもそもなんだこの服、婚約者時代と同じデザインなんて……流行遅れも甚だしいし、この銀髪にもっと似合う色もあるのに」

「クリス様、腹立たしいのはわかりますが個人的な仕返しはそのくらいで」

「……ちっ」

「クリス」

ソフィアはクリストファーの頬に手を置いた。

「私も、一緒に裁かれるわ」

「姉さん」

諭すように言うクリストファーを見る。

「クリスとテディがどんな罪を犯していても、愛している」

「……っ」

心からそう言って胸に手を置いた。

「任せて、処刑は二回目だから！」

「それは任せていいのかなぁ……」

クリストファーが小さく呟いて、片手をあげた。

「大丈夫、そんなことにはならないよ。姉さんがゲルトの目を引き付けてくれている間に準備が整ったから」

　そこで牢の中に近衛騎士が一斉に入ってきた。テディと交代してゲルトを縛り、猿轡を嚙ませて立たせる。

「ぐうう、う」

「玉座に興味はない。俺の目的は姉さんの――フリーデの名誉回復だ」

「ん……！」

「そしてお前は、賢妃となる人を処刑した愚かな王として後世に名を残してもらおう」

　ゲルトの身体が大きく跳ねる。騎士の拘束を振りほどこうとしているようだが、後ろ手に捕まった状態で満足に動けないようだ。

　ものすごい形相で睨みつけるゲルトに平然とクリストファーは微笑んだ。

「あなたのために法廷を準備しましたので、そちらへどうぞ」


　王宮を出て、もう懐かしく感じるホテルの部屋に戻って早々、ソフィアはクリストファーにお風呂に押し込まれた。

「ん、んっ」

　破くように寝間着をはぎとられて、口づけをしながらシャワーを浴びた。クリストファーは服を着たままだ。

　ずぶぬれになりながら彼はソフィアの肌に手を滑らせた。

「どこか、怪我は？」

ふるふると首を振る。だがソフィアの返答など信用していないようで、時間をかけてつま先まで検分してようやくクリストファーは納得したようだ。

「じゃあ、……どこを触られた？」

「お、覚えてないわ」

それは本当だ。毎晩膝の上に乗って髪や頬にキスされた。けれどひとつだけ大事なことがある。ソフィアはシャワーに打たれながら口を開いた。

「夜も、一緒に寝ただけだから」

「――寝た？」

「だ、抱きしめられただけよ。こういう感じで、それだけ」

低い声にぞっとしながらクリストファーの頭を抱いて補足する。

毎晩、まるで赤子のように胸の中で眠るゲルトを抱きしめた。抱かれることも覚悟していたソフィアからすると、拍子抜けしてしまったくらいだ。

「勃たないのは知ってる」

「……え」

「あいつ、嗜虐(しぎゃく)される女性の前でしか興奮しないから。姉さんに無茶をさせないよう騎士にも見張らせていたし」

思わぬ言葉に声が出なかった。

「そうでもなければ、俺が泳がせると思う？　でもキスしたりべたべた触ったり……ああ嫌だ」

抱きしめながら彼が言葉をこぼす。顔が首筋に近づいてキスがいくつも落ちた。

「ん、っぅ」

「今回限りだよ」

「ふ……？」

小さな声に目を開ければ、クリストファーはいつも通り綺麗な顔で笑う。長い指がソフィアの足をなぞって太腿を掴む。こちらを見る目には危険な光が灯っていた。

「次、俺から離れて他の男のところに行こうなんてしたら……」

すべてを聞く前にソフィアは慌ててこくこくとうなずいた。


その日夜半に降り始めた雨は翌日になっても止まなかった。

窓を強い雨粒が叩く中、裁判官に陪審員、貴族、王弟までもが並ぶ法廷にゲルトは引き立てられた。

ソフィアをテディに任せてその場に悠然とクリストファーが立つ。ゲルトの罪状は反国王派への弾圧を始めとした、国王としての器に欠ける振る舞いについて。その証言台に立ったのは王妃だった。

「ええ、話は聞いていました。恐ろしいことです。グランディル公爵は彼に無理やり動かされていただけです」

王妃の口から明かされる不正や賄賂の数々に傍聴人がざわめく。それはまるで演劇のようだ。スポットライトを浴びる女優のような表情で証言を終えた王妃が場を後にする。次いで、クリストファーも証言台に立って己の罪を認めた。

「申し訳ありません、私の不徳のいたすところです……宰相の地位はお返しいたします」

うなだれる青年宰相が皆の注目を集める。その最中、王妃が法廷の隅にいるソフィアに気づいて近づいてきた。

「嬉しいわ。これでクリスがわたくしのものになってくれると言うのだから、無能な陛下はもういらないわ」

勝ち誇ったように王妃がソフィアを見た。

そして被告の席で暴れるゲルトが取り押さえられるのを、彼女は嬉しそうに見やった。

「お静かに」

裁判長が木槌(きづち)を打つ。

「殿下、いかがいたしましょう」

彼が隣に座る王弟に声をかける。まだ若い短髪の王弟は兄を見下ろした。

「陛下の罪は明白です。位を剝奪するのが妥当でしょう、舌を嚙み切られないようにそのまま、牢へ」

　ゲルトが引き立てられていく。途中で王妃を睨みつけるが彼女は涼しい顔で扇を揺らすだけだ。その後、クリストファーがやってくるのを見て、彼女は悠然と微笑んで手を差し出した。その手を前にクリストファーは口を開いた。

「王妃殿下、証言いたみいります」

「愛するあなたのためなら、あれくらいどうってことはないわ」

「では次は、あなたの裁判ですね」

「――は？」

　王妃が目を見開いて硬直した。

「すぐに終わります、どうぞ席へ」

「わ、わたくしが何をしたと」

「もちろん姦通罪です。軍宿舎で夜な夜な若い将校と愉しんでいたようですね？　それと……十七年前の王太子妃候補たちへの加害について」

「そ、そんなこと知らないわ！」

「証拠は上がっています。あなたの父はすでに捕らえて自白していただきました。一番の候補が病気で亡くなったあと、それに味を占めて私の姉のことを含めて工作をしたこと」

　王妃が息をのむと同時に護衛騎士が彼女を捕らえた。

「今更、面倒な裁判をする必要はないよ。兄上と一緒の牢に入れておきなさい」

　王弟がにこやかに言う。

弁解の機会もなく法廷から引きずられていく王妃が叫んだ。

「話を聞いて！　誤解です、わたくしは何もしておりません！」

「黒い塔でゆっくり尋問官に話をしてください」

ゲルトと同じく猿轡をされて引きずられる。それを眺めてクリストファーが言った。

「ああ、寂しいでしょうから、あとで牢に兵士を送りますね」

王弟の名でひらかれた裁判はそうして幕を閉じた。

＊　＊　＊

汚い牢に閉じ込められた王妃がすがりつく。猿轡も外されたゲルトは陥れた張本人である王妃を睨みつけた。

「お前などもう見たくない」

「陛下、わたくしは……」

王妃の頬を平手で打つ。頬に手を置いて王妃はむせび泣いた。

「だって羨ましかったんだもの！　孤児院育ちが王妃ですって、笑わせないで。わたくしが一番なんだから！」

「うるさい！」

そこでかたんと音がして、牢の分厚い扉の小さなのぞき窓が開く。鉄格子越しに顔を見せたのは、王弟だ。

「お前……っ！　あいつは王弟派を何人も殺しているんだぞ、騙されているのがわからないのか」

「彼ですか？」

王弟が場所を譲る。そこで姿を現したのはとある商人だ。

「バルフォアと申します。このたびはどうも」

「お前、殺したはず……」

「ええ、陛下が……おっと、元陛下が私を殺すつもりと知ったクリストファー様に公爵家の屋敷でかくまっていただきました。他の仲間もいます」

「な……」

「兄上の懐に入ったクリストファーの機転のおかげで命拾いしました。おかげで王弟派も力を蓄えられて感謝をしている。その忠義に恩を返すのは当然でしょう」

「──」

「故公爵令嬢フリーデの名誉回復を命じました。お二人の欲望のために失われた尊い方として。それでクリストファーは生涯を私に尽くすと。安い取引でしょう？」

王弟の言葉にゲルトは頭を掻きむしった。

「あり得ない！　フリーデは王を裏切った悪女で、私はその毒牙にかかる前に彼女の姦計に気づいた賢王だ。それ以外の事実があってはならない！」

自分勝手な言い分に王弟は何も言わずにただ笑みだけを返した。

呆然(ぼうぜん)とする王妃とうめくゲルトの前で、牢の覗き窓が閉じられた。

「殺すな、できるだけ生かせ」

「はっ」

外の見張りとそのやりとりだけをして、王弟は牢屋から踵を返した。

＊＊＊

法廷を後にした公爵家の馬車は終始無言だった。

雨の中、かたかたと馬車は進んでいく。

「……行きたいところがあるのだけど」

ソフィアが場所を伝えると、すぐに御者のテディはそちらに馬を向かわせてくれた。

着いたのは公爵家代々の墓がある場所だ。クリストファーの母親も眠るそこに、父は悪女の汚名を着せられたフリーデを埋葬してくれた。片隅に己の名前を見つける。墓守が気をつけてくれているので荒らされた形跡はない。

その前にしゃがんで墓石にそっと手を乗せる。

もし前世で誰かの力を借りていたら違う未来になっていたのだろうか。いや、そもそも自分の心の声を偽った報いか。

「姉さん」

そっと後ろに立ったクリストファーが、自分が濡れるのも構わず上着でソフィアの雨を避ける。

「ごめん」

彼は少し視線を落とした。

「こうなるまでに汚い手を散々使った。本当は姉さんに触れる資格はないんだ」

「……言ったでしょう、愛してるって」

腕を伸ばしてぎゅっとその頭を抱く。

「姉さん、じゃなくて名前で呼んで」

「ソフィア」

「うん」


雨が強くなって馬車に戻る。また車内は無言だった。

(……いつもなら、いろいろ言って、膝に乗せたりするのに)

今までにもずっと「好き」や「愛している」は言っていたけれど、今回は本当にクリストファーへの愛を伝えた。親愛ではなく、ソフィアの本当の気持ちとしてだ。

(でも、今までは私がそういう態度をとっていたのよね)

気づくのがいつも遅すぎる。何度彼から愛をささやかれても、色々な理由をつけて断っていた。そのときはクリストファーもこういう気持ちだったのだろうか。

(だとしたら、言葉が欲しいなんて言えないわよね)

静かな車内でため息に聞こえないように息を吐いたソフィアは、窓から見える景色を眺めて思わず少し立ち上がった。

大きな門構えや長い鉄柵、広い敷地の屋敷が多い。ホテルに向かう道とはまた違う整備された石畳を、馬車はゆるぎなく進んでいく。

そして雨がやんで雲間から光がのぞいたときに、グランディル公爵家の屋敷が見えてきた。

雫に濡れる鉄柵越しに見えるのは、庭園にある色鮮やかな花々。白を基調とした建物の壁、青い屋根、あちこちに彫り込まれたレリーフ。記憶の中と何も変わらない建物がソフィアを迎えた。

「お帰りなさいませ、旦那様」

門の前で止められた馬車のドアを開けたのは、父と同じ年くらいの執事だ。

「え!?」

十六年前に世話になった執事長グリースの変わらない姿に思わず声が出た。

ロマンスグレーの執事は声を上げたソフィアに穏やかに微笑んだ。

「執事長の息子だよ、名前はグレコ」

クリストファーが補足してくれる。

「へ、へぇ、……」

「本人もまだ現役で、屋敷のことをしてくれているけどね」

エスコートされて馬車を降りる。馬番がテディから手綱を預かって馬車止めへと運んでいく。

クリストファーは執事グレコに向き直った。

「留守を任せて悪かった」

「王弟派、いえ次期国王派の皆様のお世話をできるのは使用人一同この上ない幸せでございます。それで……そちらは」

ちらりと、グレコはクリストファーの肘に手を乗せているソフィアを見た。

「妻だよ。ようやく、私の愛を受け入れてくれたんだ」

「……っ」

あっさりと言い切ったクリストファーにソフィアが飛び上がる。

「クリス、それは」

「俺のことを愛しているんでしょう？」

「そ、そうだけど……」

「それはそれは、積もる話もあるでしょうし、ひとまず中へどうぞ」

グレコに先導されて屋敷へ向かう。

けれど道の途中でクリストファーは足を止めた。

「ちょっと待ってて」

そう言ってためらいなく道の脇にある花壇に入っていく。

背丈ほどの大きさに整えられた植木ががさがさと揺れるのを、グレコやテディと一緒に待っていると、しばらくしてクリストファーが戻ってきた。

棘(とげ)で服をぼろぼろにしてソフィアの前に立った彼が後ろに隠していた手を差し出す。

そこには一輪の薔薇があった。途中で雫をぬぐったのか、つややかな天鵞絨(ビロード)の赤色が雲間から差した光に照らされる。

「ソフィアに似合う、一番きれいなのを摘んできた」

その言葉を聞いて、ソフィアはそっと髪をかきあげて耳にかけた。

「……ありがとう。ここに、挿してくれる？」

「もちろん」

クリストファーはソフィアの銀の髪に、薔薇の赤色を添えた。

「じゃあ行こうか、皆待ちわびてる」

「ええ」

こうしてソフィアは懐かしい公爵家に戻ってきたのだった。

最終章

黒装束の使者たちが顔を上げずに小さな棺を運んできた。

クリストファーが見ている前で、彼らは大人が入っているにしては小さく簡易な木の箱を、公爵家の玄関ホールに置いて静かに王宮に帰っていく。

「フリーデ……」

わずかに棺桶（かんおけ）の蓋を開けた父はそれだけを言ってそっと閉じた。そして両膝をついて、使用人の前で泣き崩れた。

それを見てクリストファーも棺に近づく。

「クリス……やめなさい」

嗚咽（おえつ）交じりの父の声に首を振った。

「お前にだけは、フリーデも見られたくないだろう」

「……」

その言葉に少しだけ躊躇（ためら）う。

けれどクリストファーにとっては法廷で会ったのが姉の最後の姿だ。聡明（そうめい）で気高く美しい姉は、己が死ぬとわかっていても最後までクリストファーのことを考えてくれていた。

それは公爵家を捨てて逃げることを本気で望んでいた自分の気持ちとは相容れないものだけれど。

（姉さん）

フリーデは午後には埋葬される。

どんな姿でもいいから、もう一度だけ彼女に会いたかった。

「クリス様」

そばに寄ったテディの声に小さくうなずく。彼がそっと棺を開けてくれた。

まず見えたのはいつもクリストファーのことを優しく撫(な)でてくれた手。手袋をはめて胸の前で組まれていて、華奢(きゃしゃ)な身体は黒いドレスで覆われていた。

そして、あるべき場所に姉の顔は――。


「……ぁあ、あ――……っ」

「クリス！」

心配そうな声にはっと目が覚めた。まだ夜が明けていない時分、窓から入る月の光に銀の髪を照らしてソフィアがクリストファーを覗(のぞ)き込んでいた。

「……え」

夢と現実が混ざる。目を見開いてまばたきをするクリストファーをソフィアが撫でた。

「怖い夢を見たの？　大声をあげて……」

「クリス様、ソフィア様、どうしましたか」

扉を叩く音とともにテディの声がした。

どれだけの声を上げたのだろう。恥ずかしくてクリストファーはうめいた。

「ああ、……大丈夫」

深夜だというのに迅速なテディに謝って、部屋に下がらせた。

嫌な汗をかいている。

息を吐いて起き上がるとソフィアはクリストファーを抱きしめた。

数時間前まで抱いていた、やわらかい身体と甘い彼女の匂いに包まれている間に、少しずつ呼吸が整ってくる。

「……ごめん、起こしたね」

「クリス」

ソフィアがクリストファーの顔をのぞきこんだ。心配そうに見つめる瞳は菫色だ。

「私はここにいるわ」

「……俺、何か言っていた？」

「何も」

そう言って先日十八歳になったソフィアがクリストファーの額に口づける。

（そうか、今日は）

フリーデが処刑された日だ。

まだ戸惑う表情のソフィアを抱きしめる。なるべく何事もないように過ごすはずが、自分の未熟さに嫌気がさす。

クリストファーはそばにあるぬくもりにすがった。

（くそ……）

あの時、姉の首が戻ってこなかったことが恐ろしかったのではない。

自分から姉を奪っておいてまだすべてを返さない王宮に怒りがこみあげたのだ。

＊　＊　＊

震えているクリストファーをソフィアはぎゅっと抱きしめた。

騒動からすでに二年が過ぎていた。

あの後、正式に退位が宣言されて、王弟が議会の承認を得て国王に擁立された。クリストファーはゲルトの企みに加担していた罪を洗いざらい話し、一時宰相の地位を退いた後、再び貴族や議会、民衆に望まれてその座に戻った。

もともとほとんどの仕事はクリストファーが担っていたので、若く理想に燃える新国王に頼られながらさらに力をつけている。

ゲルトと元王妃は黒い塔に幽閉されている。兵士が常に警戒していて、王の命令一つでいつでも殺せる状況だ。実際、ゲルトを再擁立したい派閥が彼らを逃がす動きがあれば、現王の政権の妨げになるので殺しても構わないと通達をしている。中からは毎日罵詈雑言が漏れて兵士がうんざりしていると聞いた。

ソフィアは、というと宣言通り正式にクリストファーの妻になった。指にはペアリングに代わって結婚指輪がはまっている。宰相の給料の三ヵ月分をつぎ込んだという宝石は、実際の重さより重く感じる。

宰相補佐の仕事は続けているが、テディ含めて護衛が何人もつけられていつも監視下に置かれていた。とはいえ夜ごとクリストファーに愛されてベッドから起きられないことも多い。

十八歳になったソフィアの誕生日には、オルグライトの領地から父親も来て、盛大なお祝いがひらかれた。

「ソフィア……」

クリストファーの小さなささやき声に彼の背中を撫でる。

獣がうなるような声で目が覚めたのはつい先ほどのこと。

驚きはしたが、起きたあとのクリストファーは日ごろからは想像ができないほど弱々しく、母親が亡くなったときに一人で泣いていた姿を思わせた。

（今日は……）

彼が悪夢にうなされる理由をひとつ思い浮かぶ。それは不甲斐ない自分のせいでもあった。愛しいクリストファーの髪に口づけながらソフィアは言った。

「こんなに安全な場所で何も起きないわ」

「……うん」

生返事でそう呟いた彼がソフィアを押し倒した。泣きそうな顔が近づくのに抵抗せずに唇を合わせる。

「ん、っう……」

「……は、……あ」

二人分の呼吸がベッドに落ちる。数時間前まで熱を交わしていた身体はすぐに昂って、何度も精を放たれた中からとろりと雫がこぼれるのを感じた。

口を離したクリストファーが頬にすり寄った。

「——もう俺を置いて行ってはだめだよ」

甘える声に微笑む。

「ええ、もちろん」

応えると目元を歪ませたクリストファーはソフィアに覆いかぶさった。

「っん、ぁ」

下着もつけていない入り口からすでに勃ちあがった熱が入ってくる。

クリストファーに腰を押さえつけられて、中の空洞を埋めるように彼のものを受け入れる。目の前の金の髪に指を絡ませれば背中に腕が回った。

「あ、っん、ぅ……ふあ」

強く抱きしめられたまま揺さぶられて甘えきった声が勝手にこぼれた。心も身体もクリストファーでいっぱいになって行為に溺れた。

「ずっと、そばに……」

「ん、っくりす、……くりす」

いいところに当たるように自分で腰を動かす。未だに恥ずかしくはあるがクリストファーが快いならどうでもいい。

「……ふ、はぁ、あ」

「ん、っ……ソフィア、出すよ」

「う、ん」

深い快楽に浸って涙をこぼすソフィアも果てが近いのを知る。下りてきた子宮口に何度もクリストファーの屹立(きつりつ)がぶつかって目の前に星が散った。

「ん、あ、あぁあ……っ――――」

「ぐ、ぅ」

同時に果ててかすれた声を出すソフィアをクリストファーが強く抱きしめた。それだけでも達したばかりの身体には刺激が強すぎる。

「は、……ぁ」

ソフィアはクリストファーの吐息を耳に感じながら、彼の身体に腕を回して目を閉じた。

生まれ変わってここに帰ってきた理由はとっくに気づいていた。

神に愛されたクリストファーがソフィアにまた会いたいと願ったから。最後にソフィアが会いたいと思ったから、叶えてくれたのだ。

それが神様か悪魔なのかはわからないけれど、その結果がどうでももう構わなかった。

エピローグ

十四歳のフリーデには好きなものがいくつもある。たとえば早起きした朝の空気、夏の川の水、美味しいお菓子に己を引き取ってくれた父、慈しんでくれる母、そして……。

「姉さん！」

領地にある公爵家の庭で食堂の花瓶に飾る花を摘んでいたらそんな声がした。背中に少しの衝撃があって振り返るとそこには天使のような少年がいた。

フリーデの腰あたりに顔を埋めていた彼は蕩(とろ)けるような笑顔を向ける。

「今日の勉強終わったよ」

「偉いわね、クリス」

ハサミと摘んだ花を片手に持ってよしよしとその頭を撫(な)でる。彼はくすぐったそうに、八歳の年相応の顔で笑った。

フリーデが公爵家に引き取られて数年。初めは父親の不義の子であるフリーデにきつく当たっていた彼とも今ではすっかり姉弟の関係だ。孤児院ではたくさんの子どもがいて、それこそ兄弟のように育ってきたけれどクリストファーに向ける愛情はやはり血が繋(つな)がっているためか濃いように思う。

そっと視線を巡らせると執事服を着たテディが控えていた。次期公爵として国を担っていくクリストファーの従者兼護衛だ。

「こっちに来て」

クリストファーに手を引かれて逆らわずについていく。連れてこられたのは庭の一角にある花畑だ。青にオレンジ、黄色に赤、さまざまな花が咲き誇っているそこに「座って」と促されてフリーデは腰を下ろした。

テディと目配せをした彼が花を摘んでは茎をくるりと編んでいく。

(あら)

時折テディに聞きながら編み上げたのは、花の冠だ。ぎこちなくてあちこちから花が飛び出しているそれを、クリストファーがそっとソフィアの頭に乗せた。

「ありがとう、嬉しいわ」

「……クリス様、これを忘れています」

「そうだった！」

冷静なテディが取り出したのはテーブルクロスくらいの大きさの薄い布だ。キョトンとするフリーデの花冠を取ってその布をそっと被せてからもう一度、環が乗せられた。

「ちょっと待っててね」

さらに腕輪、ネックレスとどんどん編んではフリーデに着けていく。そして最後に一本の青い花をとって茎を二つに割って結んだ。

「手を出して」

彼が何をしようとしているのかわかって素直に左手を差し出す。紳士然とした表情でその手をとったクリストファーは、フリーデの薬指にその花の指輪をはめた。腕輪に花冠にと手を置いて、フリーデは可愛い弟に微笑んだ。

「ふふ、春の妖精になったみたい」

「妖精じゃなくて花嫁だよ。ほら姉さんも」

淡い緑色の花で作った指輪を受け取り、ずいっと差し出された弟の指にはめる。

「綺麗(きれい)だよ、姉さん」

「ありがとう、お世辞でも嬉しいわ」

そう返せばクリストファーはむっとした顔をした。

「お世辞じゃないよ、姉さんは世界一綺麗だから。なぁテディ」

「はい、もちろん」

従順なテディがうなずく。少年二人を前に、花で飾られたフリーデは困ったように小首を傾げた。

「大きくなったら姉さんをお嫁さんにするからね」

「姉弟で結婚は……」

言いかけてやめた。そのうちにデビュタントがくる。すでにフリーデの元には婚約の申し込みの手紙がひっきりなしに来ていると父からも聞いていた。

　この屋敷でクリストファーやテディと過ごすのもあと少しかもしれない。

「嬉しいわ」

「姉さん大好き」

「私もよ」

　抱きついてくる温かな身体を抱きしめ返す。少年らしい細い腕だけど力は強い。

「きゃっ」

　そのまま持ち上げられた。フリーデは完全に足が浮いていて、思わぬことにびっくりして目を見開くとクリストファーがにっと笑う。

「テディにも剣や体術を習っているからね」

「俺のは正式なものではないと言っているのですが……」

「形式だけ整えた使えないものより、強い方がいい」

　クリストファーが自信をもって言う。その間ずっとフリーデは浮いたままだ。

「く、クリス、そろそろ下ろして」

「あ」

　足をばたつかせるとそっと地面に下ろされた。なぜかドキドキする胸を押さえたフリーデのヴェールをそっとめくって、クリストファーが頬に口づけた。

　ほっぺにやわらかな感触があって至近距離で二人で微笑んだ。

ある冬の日のこと、クリストファーが熱を出した。子どもが季節の変わり目に熱を出すことはよくあるが、そのまま命を落としてしまうことも多い。

ぐったりとして赤い頬のクリスの枕もとに椅子を置いて座りつつ、フリーデは額の布を取り換えた。汗をぬぐっていると冷たさに気づいたのか彼は目を開けた。

「……姉さん」

「クリス、体調はどう？」

「ん」

弱々しく答えて目を閉じる。そっと手が差し出されたのでそれを握った。そのようすをおろおろと見守る使用人が声をかけた。

「フリーデ様、二日も寝ていないでしょう。代わります」

「大丈夫」

母親を亡くし、父は今仕事で国外に出ている。彼が心細いのはよくわかる。

握り返す手の強さにもう一つの手を重ねた。

（クリスの辛さをどうか私に……）

手を額につけて祈っているとおかゆが運ばれてきたので、背中にクッションを敷いて少し身体を起こさせた。ひとさじすくって息を吹きかける。少し冷めたのを確認して差し出した。

「はい、あーん」

クリストファーは素直に口を開けてそれをほおばった。時間はかかったが全部食べられたのでほっとする。

「してほしいことがあれば何でも言ってね」

「……一緒に寝てくれる?」

言われた内容にきょとんとした。

「ええ、もちろん」

大の大人でも広すぎるベッドに潜り込む。

「あ、いや冗談だよ、姉さんにうつしたら」

「平気よ、私は身体が丈夫だし……人にうつしたほうが早くよくなるわ」

いつもより熱い身体を抱きしめる。背中をゆっくりと叩いた。昔聞いたうろおぼえの子守唄を口にしていると、優しい午後の風が部屋に入ってきてカーテンを揺らした。

しばらくして顔を見たらクリストファーはフリーデの胸に顔を埋めて眠っていた。寝やすいようにそっと身体を離そうとすると、彼が自分の服を摑んでいることに気づく。

ベッドから出るのは諦めて、フリーデはゆっくりとまた彼の小さな背中を撫でた。

＊　＊　＊

淡い夢から覚めて、ソフィアは視線をかたわらに向けた。途端にこちらを見る目と視線が合う。

「起きた」

眠気のかけらも感じない声をかけるのは、頬杖をついて上半身裸のクリストファーだ。艶やかな金の髪に端正な顔立ちの彼はどうやら今日も激しかった睦みあいの後、気絶したソフィアをじっと眺めていたらしい。

「……昔は、可愛かった、のに……」

「え、突然何……？」

「なんでもない」

それが自分のせいとはいえ、弟の今の姿に首を振ったソフィアをクリストファーが抱きしめる。あの頃からは想像ができないほど逞しい胸の中に囚われて、腰に大きな手がすべった。思わず甘い息を吐いたソフィアの顔を、クリストファーがのぞきこんで、眉を下げた。

「……でも、こういう俺も好きでしょう？」

「ええそうよ！」

もうこうなったらやけくそで、ぎゅうっと抱きしめ返すと、クリストファーは心から嬉しそうに笑ってソフィアの髪に口づけた。

番外編　二回目の

クリストファーと初めて身体を重ねた翌朝、ソフィアは気怠く目が覚めた。

誰かの腕の中にいることに遅れて気づく。服は何も着ていない。裸だ。そして腰をゆっくりとさすられていた。

顔を上げるとこちらを見ているクリストファーと目が合った。

「おはよう、姉さん」

すでに陽は高くのぼっていて、彼は窓から入る光にきらきら輝く笑顔を向けた。

「――っ」

昨日の出来事が一気によみがえる。ソフィアは顔を手で覆った。

（く、クリスと……私……）

ついに一線を超えてしまった。しかも一度だけではなく何度も睦みあったのも記憶している。

「とても可愛かったよ」

顔を真っ赤にしたソフィアが必死でシーツを自分に引き寄せる間にも、クリストファーは銀の髪に口づけた。耐えられずそのまま後ろを向くと、彼の腕がお腹の前に回された。

クリストファーも裸のようで、布越しに彼の体温を直に感じる。昨日受け入れた、足の間にあるものの形も。

離れたいが腰は完全に抜けていて立ち上がれない。あれだけいろんな液体でぐちゃぐちゃだった身体は綺麗に清められて、シーツも新しいものになっていた。そんなことを考えている今もクリストファーはキスをやめない。

「はぁ、はぁ姉さん……」

やけに荒い息遣いが背後から聞こえる。大きな手が不埒に動いて、ソフィアはそれをぱっと摑んだ。

「く、クリス、仕事は」

「今日は休み」

彼は何のためらいもなくそう言い放った。本当だろうか。昨日も休みだったのだが。

「私、そろそろ起きるわね」

シーツを身体に巻きつけてこそこそとクリストファーから離れ、背中に視線を感じながら這うようにして広いベッドの端に移動した。

クリストファーは寝転んで肘枕をついたまま、こちらを見ている。追ってこないことにほっと息を吐いて、床に足をついて――力が入らず、ソフィアはすとんと床に座り込んだ。

「……あれ？」

「俺が丁寧に抱き潰したんだから、立てるわけないでしょ」

すぐにクリストファーが近づいて、ソフィアを抱き上げた。

ベッドの端に座り、膝に乗せた彼がまたソフィアの腰をさする。

「今日は頑張った姉さんをいたわる休日」

「そ、そういうのはいいから」

しかも煽るような手つきにまた熱がぶり返してくる。

「お食事をお持ちしました」

そこでテディの声が廊下から聞こえた。ソフィアをベッドに下ろしてドアを開けたクリストファーは、果物や軽食の載るお皿を受け取って戻ってくる。みずみずしい苺をとって、蕩けるような笑顔でソフィアの口元に差し出した。

「はい、あーん」

「……」

クリストファーの食べさせ癖を拒否することを諦めて久しい。

ヒナのように大人しく口を開けた。冷やされた果物の甘さとほのかな酸味が疲れた身体に染みる。枯れきった喉にも。

「姉さん、俺にも」

ソフィアに苺を渡して自分を指した。息をついてそれをつまんでクリストファーの口元に近づければ、その手を取った彼が、ソフィアの指ごと果物を口に含んだ。

「ク、リス」

敏感な指先を舐められて、すぐにぞくぞくとした感覚がのぼってきた。急いで指を取り返す。

（うう……）

ソフィアは未だ違和感のある足を擦り合わせる。幸いクリストファーの白濁がこぼれてくる気配はない。その動作を見て彼は眉を下げた。

「大丈夫？　中に注いだ分はもう全部かき出したけど」

「……」

自分が気絶している間に何が行われたのか、想像するのも怖くてソフィアは手で顔を覆った。

クリストファーは続きをするつもりはないらしく、いつの間に開けたのか、窓からはおだやかな風が入ってくる。

いつも通り給餌されて、お腹がいっぱいになると途端に眠気がやってきた。受け入れたところの痛みと、腰の違和感を慰めるように腰を撫でられて辛さも幾分和らいでいた。

膝に乗り、彼の胸に顔をくっつけて、ソフィアは息を吐いた。

不思議と、黒い塔での夢は見なかったことに気づく。けれどもうそのことをしゃべるのも億劫なほど身体が重い。同時に、あんなに怖がっていたのに、クリストファーの手で幾度も達した自分が恥ずかしくて情けなかった。これでも気持ちは年上のままなのだ。

（クリスのバカ）

「お昼寝しようか」

いつになってもまともに顔を見られないソフィアを抱き寄せて、クリストファーがベッドの中に誘った。

巻いていたシーツを取り払われて彼のシャツを着て、クリストファーの腕の中におさまると、すぐにとろとろと眠気がやってくる。

慰めるようにまた大きな手が腰をさする。

ここは温かくて優しいからと言い訳をして、また眠ってしまった。

次に起きた時にはすでに日が暮れていた。うす暗い部屋の中でクリストファーはまだそばにいて、腰を撫でてくれている。

ずっとそうしていたのだろうか、さすがに申し訳なくてソフィアは身をよじった。

「もう、へいき……」

クリストファーの腕を軽く叩く。彼の献身と時間の経過によるものか、朝に感じていた痛みも引いていた。

「そう……」

小さく呟いた彼が、ころりとソフィアをベッドに仰向けに転がした。

「よかった」

「く、クリス？　っ待って……」

その状態で口づけられて息が乱れる。

「陽が落ちるまで我慢したでしょう？」

シーツにソフィアの手を縫い付けるクリストファーの熱がすでに立ち上がっているのが、暗い部屋の中でもわかった。しかも彼はローブしか着ていない。

「……俺、いい子で待ったよ」

可愛くねだられて、意図を察したソフィアは青ざめて必死に首を振った。あんな激しいこと、二日連続でされては死んでしまう。

「早めに二度目を済ませたほうが、今後怖くなくていいよ？」

「そういう問題じゃないの！」

というよりこれからもするつもりだろうか。ぞっとした。

「お願い、姉さん」

「もう、昨日ので……」

顔を近づけるクリストファーをどうにか押し退けようとしていると、しばらくして肩をすくめた彼は力を抜いた。

「……じゃあ、賭けでもする？」

ソフィアを抱き上げたクリストファーが、そう言ってサイドチェストから取り出したのは砂時計だ。中には白い砂が入っている。彼がそれをチェストの上に置くと、すぐに砂が細い真ん中の管を通って下のガラスに落ちる。それがランプの灯りできらきら輝いた。

「砂が落ちきるまで姉さんがイくのを我慢できたら、もう何もしない」

こめかみにキスをするクリストファーの腕の中で、ソフィアは砂時計を見た。今しも落ち続けている砂の量から見て、時間は十分ほどだろうか。

正直、クリストファーにお願いされ続けて、断りきる自信がなかったソフィアはむしろほっとした。

「それ、なら……」

たった十分でこの身体が達することはないだろう。

応じると、さっそく後ろからソフィアを抱いたクリストファーがシャツの裾から手を差し入れて胸を揉んだ。その直接的な刺激にぴくりと身体が反応する。だが、時折キスをしながらも性急さはそれほどではない。

（ん、……）

そのうちにソフィアの胸の頂がぷくりと存在を主張するが、それには触れないままクリストファーはやわ肉をこね続けた。

腕の中でずっと刺激されて呼吸が荒くなってくる。けれど胸だけではまだ快楽は遠く、そのことに安堵していると……穿いていた、横を紐で止めていただけの下着が取り払われ、太腿の間にクリストファーの熱が潜り込んだ。

「ふ……っ」

　そそり立つ凶悪なそれから思わず目を背ける。敏感な薄い皮膚同士が触れ合い、彼の屹立も太腿の間で大きくなったのがわかった。

　昨日彼を受け入れたところから、とろりと愛液がこぼれる気配がする。塔での恐ろしい記憶を吹き消すように、散々甘く抱かれた時間からまだそう経っていないのだ。

「……はぁ……はぁ、姉さんの匂い……っ」

　後ろのクリストファーは息を荒げながらソフィアの髪に顔を埋めている。時折、耳に直接息を吹きかけられた。

（……時間は）

　砂時計を確認すれば、まだ中身は半分ほど残っていた。

　胸を揉まれ続けて気だるい熱がたまっていて、何より、太腿にある昂る雄茎に弱いところをふいに擦られて思考が鈍る。お腹の奥はずっと切なく疼いてソフィアを苛んだ。

（もう、少し……、っ）

　身を縮こまらせたソフィアの頤を掴んで、クリストファーが振り仰ぐ状態で口づける。

「っ、クリス、ふ、……んぅ」

「はぁ、……ふ」

　舌を絡ませる音と荒い呼吸が部屋に響く。クリストファーの舌はソフィアの舌の表面を撫で、口蓋や歯の裏を丹念に舐めては軽く吸う。

　彼の大きな手に、意思をもって下腹部を撫でられ、それだけでまた熱が一層高まった。

「……ん、う、……は、あ」

――達したい、と思った自分にソフィアは驚いた。

昨夜、クリストファーに愛された記憶は全身に生々しく残っていて、まるで欠けたところを補うように肌を重ねる快さをもう知ってしまった。……少々、強引ではあったが。

「姉さんとまた、ひとつになりたい」

それを感じ取ったように、キスを終えたクリストファーが吐息とともに耳元にささやく。それすらももう過剰なほど熱が溜(た)まっていて、ソフィアは身体を震わせた。

「今日はずっと繋(つな)がって抱き合おうか」

砂糖菓子のような甘い声が続けた。

「ね。だめ？」

快楽の時間を想像させる声に、喉が知らず鳴るが、首を振る。

けれどここに至ってもまだ、クリストファーから明確な刺激を与えられない身体も頭も、少し動くだけでも辛くなっていた。

「姉さんのいいところ、外も中も触わりたいな」

いつの間にか服がはだけていて、彼の指が赤く色づく胸の頂に近づく。触れてくれるのかと思えば、指は意地悪にも目標を変え、胸を優しく包むだけだ。

「砂時計が落ちきるまででいいから、触っていい？」

「とけい……」

声は自分のものじゃないくらい、ぐずぐずと蕩けきっている。あとどれくらいだろう、砂が落ちきるまで猶予はないはずだ。「お願い」ともう一度クリストファーが眉を下げて小首を傾げたところで、ソフィアはついにうなずいた。

「ありがとう」

彼は口の端を持ち上げた。くらくらして、部屋が暗くて彼の表情はよく見えない。けれど寂しそうに膨らんでいた胸の頂をつままれるとびくっと身体が跳ね、待ちわびた快楽にすぐにそんなことはどうでもよくなる。

すでに腰が砕けているソフィアをベッドに転がして、クリストファーの舌が先端の実を舐めた。

「……あ、……ぁ、う」

ずっと焦らされたそこを赤子のように吸われて、ソフィアは喉を震わせた。何よりそれだけで達してしまいそうなほど昂っているのに気づかされ、嫌な予感がよぎる。

（まだ……？）

涙でぼやけた視界で砂時計を見た。砂は、もうあと少し。

「……はぁ、……」

胸元に顔を埋めるクリストファーが息を吐いた。彼の、ちらりと見える赤い舌が煽情（せんじょう）的で、また中から愛液がこぼれるのを知った。

「っ、あ、ぅ」

そこでクリストファーが蕩けたソフィアの身体の中心に触れた。それだけで、今までの比ではないほどの痺れが走る。けれど……やはり、足りない。

「指、入れていい？」

入り口を撫でる指にこれも震えながらうなずく。すぐに入ってきたクリストファーの指が中をかき混ぜた。

「あ、っあ、あ……っ」

嬌声が喉からこぼれた。すでに弱いところは知られていて、昨日より少し狭くなった中を指が撫でて、的確に熱を押し上げた。ベッドの上で身をよじらせる。じんじんとして気持ちのいい刺激に、涙で視界が潤んだ。

（……っまだ）

油断するともうすぐにでもイってしまいそうだ。

砂時計を見たソフィアはしかし、首を傾げた。さっき見た時から、残った砂の量が変わっていない気がする。というより――砂が落ちていない。

「くりす、……砂が」

「ああ」

クリストファーは少し身を起こした。砂時計からすぐに視線をソフィアに戻す。

「中で砂が詰まったみたいだね」

言いながら彼は手を止めない。ソフィアはなんとかその拘束から逃れて、詰まった砂時計を正そうと手を伸ばすが、どうやっても届かない。

その間にも中に入った指が隘路を擦る。

「待っ、ん、だめ、……っ」

「ああ、かわいい」

同時に舌で胸の頂を、親指で蕾を刺激されてついに限界が来た。

「……あ、う……だめ、あ、あ——……」

堪えられずに達して、シーツの上で身悶えるソフィアの額にキスを繰り返していたクリストファーは、しばらくしてゆっくりと指を抜いた。そこについた愛液をうっとりした表情で舐める。

「俺の勝ちだね」

「……」

「はぁ、睨む姉さんもかわいい」

荒い息のまま恨みがましく頰を膨らませるが、相手が動じる気配はない。

「……砂時計の不具合だから、無効じゃ」

「条件は『砂が落ちきるまで』だから、要件は満たしてると思うけど」

本当にああ言えばこう言う。赤い顔でじろりと睨むソフィアがそれ以上意義を唱えないのを見て、クリストファーは身体を寄せた。

「大丈夫、今日はゆっくり抱くから」

「……っや」

ソフィアの頭を撫でた彼が、達してじんじんとする入り口から二本の指を潜り込ませた。増えたそれが敏感な内壁を探る。もうされるがままのソフィアは、口に手を当てて必死に声を押し殺した。

宣言通りまた脳が焼きつくほどじれったく刺激を与えられる。

「あ、……ん、く」

「ちゃんとほぐさないと」

そこで奥まで進んだ指が一際弱いところを撫でて、びくっと反応してしまった。

「そこ、や……っあ、う」

「嫌じゃないよ、しっかり俺を感じて」

「もう、じゅうぶん……っ」

クリストファーの大きな身体にのしかかられて、体温も息遣いも、そそり立つ熱も直に感じている。というか、昨日より屹立が大きくなっていないだろうか。

中を擦られるたびにじゅぶじゅぶと水音が聞こえた。二本の指を受け入れてはしたなく蜜に濡れる自分と、やがて来るもっと強い刺激に意識が向く。

「ん、……」

それを感じ取ったわけではなかろうが、余韻を残して指が抜かれた。もう抵抗する元気もないソフィアの、蕩けた入り口にクリストファーの熱が押し当てられた。

時間が経って閉じた入り口は侵入者を拒んだが、クリストファーはキスで気を散らしながら宣言通りゆっくりと腰を進めた。

「……っあ、あ」

「……は、きもちい……」

「……っ」

仰向けのソフィアに覆いかぶさって、彼が言葉をこぼす。ソフィアに聞かせるものではないのだろうが、それだけで中がうごめいてさらに熱を奥に誘った。それでも圧迫感は慣れず、ソフィアはクリストファーに縋りついた。

「ん……、んぅ」

入り口を抜けた後は一気に奥まで入ってくる。汗だくになりながら楔が奥まで埋まったあと、クリストファーはしばらくそのまま動かなかった。

荒い呼吸で顔を背けるソフィアにキスをしたり、腰を撫でるだけだ。けれどそうしている間にも屹立は隘路になじんでくる。違和感はあるがじんわりとした感覚がお腹の奥に広かったところで。

「……動くよ」

「っふ、あう……」

奥をぐりぐりかき混ぜたかと思うと、脳が痺れるほどゆっくり引き抜いては埋めていく動作にまた快楽がたまってきた。ソフィアはもう言葉もなく翻弄されるまま、行為に溺れるしかない。

「は、ふぁ」

二人分の汗が混じってシーツに落ちた。胸をすくいながら奥の弱いところばかりを攻められて、愛液がお尻を何筋もこぼれる。目の前がちかちかして呼吸が浅くなり、果てが近づけば、堪えることもできずに頂にのぼり詰めた。

「……ん、んんっ……――……」

クリストファーのものを咥えたまま達して背中が反る。

中が脈動する間、クリストファーは動かず息を詰めてソフィアを抱きしめていた。やがて知らず止めていた息を吐いてベッドに弛緩した身体を投げ出すと、彼がソフィアの顔をのぞきこんだ。

「もうちょっと平気？　こういうのとか」

「え……」

クリストファーがソフィアを起こして、うつ伏せにしてクッションを顔に当てた。

腰を持ち上げられると獣の交尾のような格好になる。とっさに振りあおぐがクリストファーの顔は見えない。牢でもこんな態勢で兵士と交わったことを思い出す。先ほどまでとはまた違う場所にクリストファーの熱の先端が当てられていた。

「――っひ、ぁ」

ソフィアの声が変わったのがわかったのか、クリストファーが瞬間的に動きを止めた。

うつ伏せの身体を起こして、楔をそのままに彼はソフィアを抱きしめる。

「あ……あ」

震えと荒い呼吸は、強い腕の中で少しずつおさまってきた。

「ごめん、……」

苦しそうな声に、目を開ける。

ぼうっとする視界には眉を下げたクリストファーの姿があった。力強い腕の中で前世と今が交錯する。あれだけ嫌だった誰かの熱情を受け入れて、温かくて、幸せで……ここはどこだったか。どうして彼が泣きそうな顔をしているのだろう。

そのまま、乞われるようにまたキスをした。呼吸すら奪うようなそれに疑問も怯(おび)えもやがて薄まり、また溺れていく。

「は……ふ」

「俺にもたれていいよ」

座っているクリストファーに腰を押さえられたまま、ささやかれた。大きさや形までしっかり覚え込ませるように腰を支えたクリストファーがさらに熱を奥に埋めていった。

下から潜り込む屹立は、今までよりも深く繋がりを感じる分、苦しさは増す。

「ん、っう」

「はぁ、……愛してる」

キスを繰り返しながらクリストファーが言う。

「愛してる」

そんなことを幾度となく耳にささやかれるうちに、この体勢も慣れてきた。

うすい自分の腹越しにクリストファーの形がうっすら見えるのは卑猥の一言だ。彼は無理に動かず、互いの指を絡めて、自分にもたれるソフィアの髪やこめかみに口づけた。

「好きだよ」

幾度となく告げられる言葉にもうお腹いっぱいだ。

汗で肌に張りつくソフィアの髪をすくクリストファーを見上げた。

「も、そろそろ……」

「今日はゆっくりって言ったでしょう」

美しい弟は恐ろしいことを言って微笑んだ。

「昨日、一度だけで終わらせるつもりだったのは知ってるよ。辛い気持ちを抑えて俺を受け入れてくれた姉さんを、俺がどれだけ愛しているか、わかってもらわないとね」

ソフィアはぷるぷると首を振った。

「もう、わかっ……て、るから」

「まだ足りないかな。それに、どの体位が好きか嫌いか知っておきたいし。いざというときのために」

「……い、いざ？」

本格的に眠気がやってきていた。体力的にも精神的にも限界だ。そういえば食事もあまりとっていない。頭が働かずオウム返ししかできないソフィアをクリストファーが抱き直した。

「王宮に行くでしょ、もし他の男を好きにでもなったら……おしおきしないといけないから」

喉が変な音を立てた。

「そんな、こと」

「ああ、もちろん大事な姉さんを傷つけることなんてしないよ。ただ、……ちゃんと余すところなく俺の気持ちをわかっていてもらったほうがいいかなって」

クリストファーが腰を打ちつけた。子宮口にまで届く衝撃にソフィアの目の前に星が散る。その後も何度も小刻みに突かれれば、指で探られた弱いところとはまた違う快楽が背中をのぼってくる。

「あ、っあう、……はっ、あ――……」

もう声も出ず、息が吐き出されるまま喘いだ。目の前のチカチカした光が強くなって、もう少しでいきそうなところで、クリストファーはふいに動きを止めてしまった。

「ふ……？」

「まだだよ」

優しい声が耳に侵入する。奥の奥まで丹念に暴かれてもう思考が蕩けたソフィアを、クリストファーは達する直前までたかめた。

それを何度も何度も何度も。

「……っ、くりす」

数えきれないほどおあずけされて、ソフィアは泣きながらその名前を呼んだ。

「なに？」

「……も、やだ……っ」

「ん、泣いてる姉さんも可愛いね」

一糸まとわぬクリストファーが、頬を赤くして息を荒げて口の端を持ち上げる。

「は、……っん」

胸を揉まれて頬を舌で撫でられるだけでも達してしまいそうなのに、クリストファーはまた動きをやめてしまう。あれだけ嫌がっていた四つん這いの姿勢にも意識が向かない。

「……全部、俺で上書きしないと」

「いきた、ぁ、あ」

すでに窓の外は薄明るくなっている。砂時計はやはり詰まったまま。

呼吸も肌も繋がっているところも溶けて、境界がなくなってしまったみたいに、ただ熱さに翻弄される。気づくと寝そべったクリストファーの上に乗っていた。ぼうっとしたまま時折突き上げる動きに反応するだけだ。

「気持ちいい？」

「……きもち、……い……」

蜜洞はクリストファーの熱を根元まで受け入れても痛みはない。ただ、もっと強い刺激が欲しくて知らず腰を揺らす。

落ちるように呟いたソフィアの言葉を聞いて、クリストファーが口元を歪めたような気がした。しかしその像もすぐに快楽の波に押し流される。

「あ、っ……ん、あ、あ」

ベッドに押し倒されてクリストファーが腰の動きを速くする。散々弄られた身体はもう限界を越していて何度目かわからない頂にソフィアは身を震わせた。

「……っ……くりす」

少し動くだけでも痺れるような快楽の渦に巻き込まれて呼吸もできない。なのに、やめる気配もない弟にソフィアはある決意をした。

クリストファーに自分から口づける。その途端、彼がぴたりと動きを止めた。

(確か、こうして……)

クリストファーと今まで交わしたキスを思い出しながら彼の口内に舌を差し入れた。びっくりして止まったのをいいことに、舌も丁寧に絡ませる。

「ん、……姉さん、ちょっ……待っ」

「んん！」

いつもどれだけそれをソフィアが言っていると思っているのか。言うことを聞かない弟の頬を両手で支えて、やけくそでキスをしていると、クリストファーがびくっと肩を震わせた。

「うわ、っ……まずい」

触れるクリストファーの頬に鳥肌が立つ。キスをしながら、中のものが大きくなった気がした。確かめようと口を離したところで――。

「っ、ぐ……無理！」

「っ……あ、あ――……」

一層強く抱きしめられて、屹立が震えるのがわかった。それだけのことでソフィアも達し、少しだけ遅れて奥に白濁が放たれるのを感じた。

「……はぁ……くっそ……」

荒い息を吐きながらクリストファーが最後の一滴まで熱情を注ぐように腰を動かす。

その水音と感触にふるりと震えながら、ソフィアはほっと息を吐いた。

（これで……）

しばらくそのまま抱き合って、ソフィアは身を起こそうとシーツを掴んだ。

「え？」

だが埋まったままの雄茎が再び膨らむのを感じて、思わずソフィアの声が漏れた。

「く、りす……？」

「――煽ったね」

ソフィアを組み敷いたままのクリストファーが目を細めた。欲を目に滲（にじ）ませた、赤い頬の彼がソフィアを見下ろす。人智を超えるその妖艶な表情に全身から冷や汗が噴き出した。

「覚悟はいい？」

「あ、あの」

「今度は容赦しない」

「今までも容赦してない……っ」

その後、好きと百回言うまで存分に責めたてられたソフィアだった。


夕方。ソフィアはうめきながら起き上がった。

好き勝手したクリストファーはまだ眠っている。さすがに綺麗にする余裕はなかったのか、ベッドもぐしゃぐしゃのままだ。

ソフィアはチェストの上の砂時計を手にとった。

（あのタイミングで詰まるなんて……）

クリストファーのお願いに弱い自分はひとまず置いておいて、元凶を見る。

恨みがましく眺めて、そこで、白い砂の中に何かが混ざっているのが見えた。遠目からは見えないように、大きめの水晶が混ざっているようだ。ふと、ひっくり返してみた。

砂は軽快にすべて片側に落ちてしまう。そこでもう一度ひっくり返すと……白い砂は先ほどのように落ちるが、ある一定のところで水晶に邪魔されて止まってしまう。何度繰り返しても、振らない限り砂が落ちきることはない。

「バレた」

耳元で聞こえた低い声にびくつく。いつの間に起きたのか、クリストファーが後ろから
ソフィアを抱きしめ、砂時計を回収した。

「ま、まさか最初からそのつもりで……っ」

「姉さんはもう少し、疑うことを知らないとね。まぁでもそういうところも可愛いし、俺
が守るからそのままでいてほしいんだけど」

悪びれることなく言ったクリストファーがソフィアの髪に頬擦りをする。

怒りに震えながら、一枚上手な弟を涙目で睨んだ。

「……クリス！」

ホテルの部屋にソフィアの声が響いた。

あとがき

初めましてこんにちは、イシクロと申します。この度は『前世処刑された転生令嬢はヤンデレ異母弟に偏愛される』をお手に取っていただきまして、ありがとうございました！

この物語のヒロイン、ソフィアは前世壮絶な最期を遂げ、生まれ変わった公爵令嬢。ヒーローはソフィアの異母弟で彼女が大大好きなクリストファーです。どうすることもできない絶望を味わった後に、復讐を決意する少年というのは美しく強いなぁと思いながら書かせていただきました。ヤンデレを拗らせたクリストファーと、そんな彼の愛にこれからも翻弄されるであろうソフィアの物語、楽しんでいただけましたら幸いです。

本作は以前、電子で出版させていただいたものに加筆、修正を加えたものになります。たくさんの方にお読みいただきましたおかげで、このような形でまた二人の物語に向き合う機会をいただき、とても嬉しく光栄に思います。もし、もう一度お手に取ってくださる方がいらっしゃるならと、番外編には本編で少しだけ触れた二回目の夜のことを書かせていただきました。

イラストレーターである三浦ひらく先生には、艶と体格差あふれる素敵な二人を描いていただきました。全体から漂う逃げられなさがとても恐ろしくて美しくて…本当にありがとうございました！

いつもご迷惑をおかけしている優しい担当様、ルキア版で背徳感に満ちた麗しい表紙を描いてくださいました木ノ下きの先生、編集部の皆様、デザイナー様、そして出版に関わってくださったすべての皆様のお力により、こうしてお目にかかれましたこと、大変嬉しく恐縮に思います。

何よりこのお話にお付き合いくださいました皆様に、心より感謝を申し上げます。

読んでいる時間が皆様にとって少しでも楽しいものであったら、これほど嬉しいことはありません。またどこかでお目にかかれたら嬉しいです。

本当にありがとうございました！

イシクロ

本書は、電子書籍レーベル「ルキア」より発売された電子書籍『前世処刑された転生令嬢はヤンデレ異母弟に偏愛される』を元に加筆・修正したものです。

★著者・イラストレーターへのファンレターやプレゼントにつきまして★
著者・イラストレーターへのファンレターやプレゼントは、下記の住所にお送りください。いただいたお手紙やプレゼントは、できるだけ早く著作者にお送りしておりますが、状況によって時間が掛かる場合があります。生ものや賞味期限の短い食べ物をご送付いただきますとお届けできない場合がございますので、何卒ご理解ください。
送り先
〒160-0022 東京都新宿区新宿1-36-2
(株) パブリッシングリンク
ムーンドロップス 編集部
○○(著者・イラストレーターのお名前)様

前世処刑された転生令嬢は
ヤンデレ異母弟に偏愛される

2024年2月16日 初版第一刷発行

著……イシクロ
画……三浦ひらく
編集……株式会社パブリッシングリンク
ブックデザイン……しおざわりな
(ムシカゴグラフィクス)
本文DTP……IDR

発行……株式会社竹書房
〒102-0075 東京都千代田区三番町8-1
三番町東急ビル6F
email：info@takeshobo.co.jp
https://www.takeshobo.co.jp
印刷・製本……中央精版印刷株式会社

■本書掲載の写真、イラスト、記事の無断転載を禁じます。
■落丁・乱丁があった場合は、furyo@takeshobo.co.jp までメールにてお問い合わせください
■本書は品質保持のため、予告なく変更や訂正を加える場合があります。
■定価はカバーに表示してあります。
© Ishikuro 2024
Printed in JAPAN